U0033230

# 廢墟

小小寫字 02

# 序 —— 小小寫作俱樂部的緣起

一切開始於「小小書房」。

因為對文學的熱情與熱愛創作的初衷，小小書房開設了一連串個人寫作的課程，而「寫作俱樂部」的存在，延續了課程結束後，另一段新的寫作／閱讀／討論的旅程。一路行來，參與的成員都面向一個嚴肅的問題：為什麼我要寫？每個人皆為此絞盡腦汁地找尋各自的意義。歷程儘管艱辛，這群不是職業作家的朋友們，卻也在不同的時刻、不同的地方開始累積對自己寫作主題的興趣挖掘；文章不管完整與否，都慢慢朝向一種理想的狀態凝聚、收攏。

固定的聚會寫作，到底對創作有多少幫助，或說進展？其實有時看起來相當微小，微小到讓人不知是否有所前進，但每當再度回顧，就會看到那些移動的軌跡。

《小小寫字》合集的出版發行，正是為了見證這些軌跡。目前已推出《小小寫字 01：地圖》期刊一冊，但因應著創作者的作品數量與篇幅的擴大，自《小小寫字 02：廢墟》起始，將由期刊轉為書本的形式發行，並著手籌備學員個人作品的出版，藉此希望為有心書寫創作的朋友，與不知身在何處的讀者間架起交換的管道。

# 目 錄

偽來之書

小小寫字創作群合力推薦

Kali　推薦

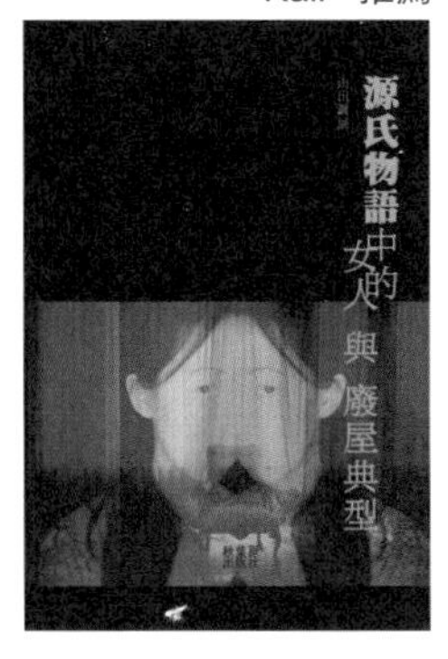


## 源氏物語中的女人與廢屋典型

山田鋼絲｜秋葉原出版社｜ 1899 年 6 月

源氏物語是具高度價值的大和撫子美學小說，更是御宅我族的教戰手冊。本書作者歷時三年以八十七幀全彩圖畫，並置呈現平安時代女性優雅與廢屋頹圮的衝突美學。編輯部感動推薦，真是太萌了！

Kali　推薦

## 哈哈潑猴九——消失的廢墟

KL 蘿蔔｜黃豆出版社｜ 2011 年 13 月

哈哈在返回叢林學校後，校園中的聖地廢墟居然一夜之間消失無蹤，哈哈遭眾人誤會被驅離叢林。在流浪途中得神猴哈紐曼教導，他要如何展開行動，拯救陷入危機的叢林並為自己洗刷冤屈呢？繼蛋黃會的口號後，又一部叢林魔幻大作。強力問鼎奧斯卡金酸梅楊桃湯獎，是你不可不看的優質讀物。

諍玄　推薦

## 痴笑廢墟

遠藤徹｜城堡出版社

東京市郊存在著一片與周圍環境毫不搭嘎的廢墟群，凡是好奇闖入的人們總會聽到各種不同頻率的笑聲，狂妄的、尖銳的、喃喃的……，有些人說那笑聲像是譏嘲、令人顫慄；有些人從廢墟群出來後便徹底的瘋了。受被害者家屬委託，私家偵探宮本雄一對廢墟群展開一系列的深入調查，抽絲剝繭後，竟意外揭露遠至幕府時期的皇室祕密！詭怪推理大師遠藤徹最新力作，精采絕倫，不看可惜！

貓。果然如是　推薦

## 下課後的廢墟小旅行

廢小喵｜中央廢墟研究院發行｜ 2010 年 5 月

廢墟之旅也可以輕鬆成行！本書提供各地私房廢墟景點，即使沒有門牌號碼也能輕易按圖索驥，利用下課後太陽下山前跟著作者廢小喵的文字與手繪重新回味廢墟之屋的榮耀前景。廢小喵表示因為廢墟是極其脆弱不易保存的建築群體，若能喚起更多人的注目重視，也許能夠讓它們受到保護繼續存在，也許只是私人的情感投射寄託，但是當新建築不斷的從瓦礫中翻土而出蔓延一片時，這座城市就成了沒有回憶的空殼……

魚瓜　推薦

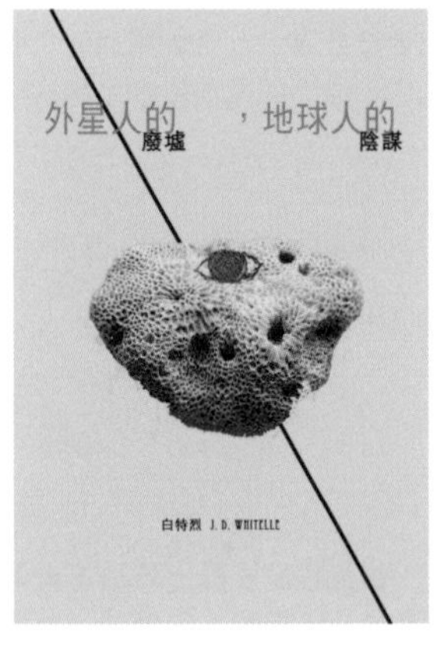


## 外星人的廢墟，地球人的陰謀

白特烈（J. D. Whitelle）｜探星｜ 1982 年

在西元存在前，外星人與地球人是否就已曾有過交流？透過無數的考證與資料探查，身為各科幻大師公開聯名讚許的外星專家——白特烈在本書中再次展現驚人的邏輯推演，將數千年來存在於世界各地的種種謎團一一解開，讓讀者得以看清存在於地球上的諸多遺跡，過去是如何被外星人使用，又是如何因為地球人的介入而導致崩壞，成為徒留用途與來歷難解的廢墟。

曼德魯巴克　推薦

## 廢墟神話大系

毛利森森森 | 太陽出版 | 3838 年

畢畢坤人說，到了廢墟裡面絕對不可以搖呼拉圈因為身上的脂肪會全部甩走一滴不剩。塔拉腔人的考古記錄顯示，在廢墟玩躲貓貓，最後總會多出兩個人。卡魯奇人則堅信，在路上跌倒的時候一定要大喊拉拉拉才能站起來不然家裡會長出小型廢墟。作者以文化人類學的方式探討各地的廢墟傳說，仔細分類，釐清真相與迷思，並從中建構出各地獨特的心理機制——我們到底是如何從永遠無法挽回的過去走出來，迎接第二天的太陽。

ear3　推薦

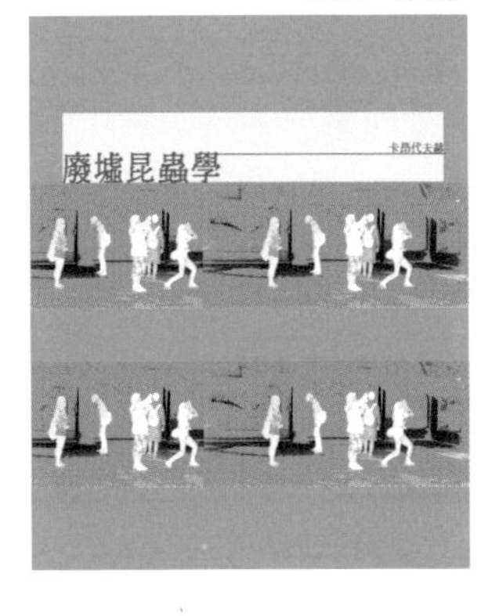


## 廢墟昆蟲學

卡昂代夫赫 | 泥巴 | 1995 年

記載兩萬兩百年前，活躍於地球的生物——人類的滅亡與興衰。

眾所皆知，昆蟲是人類演化的最終型態，最後一個滅亡的人類，其外型甚至已經有了觸角及翅膀。演化學家卡昂代夫赫以遺傳學以及化學的角度，剖析人類急遽變型為昆蟲的可能原因，對此一古生物學懸案，作者以其專業知識抽絲剝繭，重現二十二種人類當時的生態，包括至今仍然是學術界一大謎題的，人類曾經莫名自相淘汰對方種族數量的原因，在本書也有相當精闢的分析。

作者以古生物學的專業，和向大眾發聲的科普寫作長才，成就這本極佳的作品。他的文字生動，敘述古往今來大眾對於這些化石的探索與爭辯，充滿故事性。——泥巴國時報

# 作品介紹

## 〈鬼針草〉

講述的是，敘事者我與喜好廢墟攝影的大學朋友林白，兩人踏足K市一處建築廢墟時的遭遇，讓兩人處於荒謬、非理性的情感狀態，莫名而生的一場血腥暴力。

## 〈清晨〉

主角我在多年之後，行經過往服役的處所，回溯往日當兵的生活，穿插其中的戀情，它的開始到結束，這段遺留在內心某個已成為廢墟角落的記憶。

## 〈廢墟圖書館〉

一間專門收藏與廢墟相關知識的圖書館，兩個圖書館工讀生：敘述者我與小威，據說小威的老家被一種傳聞中的植物占領而成為廢墟。聽說廢墟圖書館裡正培養著一株株綠色的神祕植物，可疑的主管與父親的情人……一場大冒險竟發現父親多年前的祕密。

## 〈今天〉--------------------

一個名叫「今天」的孩子，他的現在是過去不斷剷除和累積的結果，他的未來還會持續這樣下去。一趟又一趟從荒地到城市的旅行，由今天的母親開始，由今天繼續。今天旅程的終點在哪？旅程的意義又代表什麼？今天的明天又會如何？

## 〈這是誰家的鑰匙？〉-----------

一個被重新規畫的地區，遷出的人留下一支支鑰匙被釘在牆上，作者帶著相機來到這裡望著那片牆……

## 〈魚瓜之歌〉------------------

關於魚瓜，那些無可避免必須被提及的與那些無須提及的小事。細節。意義錯身而過。重要的一刻終將來臨，卻忽然多出假扮的空檔，漫遊者、廢墟，與作為指向錯誤的地標，話語循環持續，而尾聲忽然到來，故事戛然而止。

## 〈守燈〉--------------------

海岸邊與船隻相望的兩座燈塔：自動化的與廢棄的。看守燈塔的兩個人，沒有羈絆的林正東與渾身被情感羈絆的阿胖，兩種對生命態度，不同的選擇帶來兩種結果：活著與死了，「存在的」到底該如何抉擇？

## 〈影子〉--------------------

與你自身相連，形影不離的是什麼？自己嗎，它是否只是個幻象──那些來自他人、與自己過去的種種無法割裂不斷複製而後繼承的綜合體──縈繞不去的鬼魂身影。理論上只要有一絲微弱的光存在，人都會有屬於自己的影子。或許是少了某種光源，你一直沒有屬於自己的，身上的陰影不過是別人與過去存在的證據如此而已。

... 此作品集的組成 ...

由八位創作者針對 [ 廢墟 ] 一詞

然後進行對主題的**正反關鍵詞**聯想

(廢墟辭典)

各提供一張他們認為是廢墟的**照片**

由此產生個人的**寫作大綱**
雖稱不上是最完美的篇章

但卻是過程最美好的呈現

## 貓。果然如是

喜歡各種方式的旅行，飛機的、火車的、捷運的、腳踏車的、走路的。

# 這是誰家的鑰匙？

這一片全成了公家的地。
一張紙，一個法令，這裡陸陸續續搬出一些人，蜷居在這裡數十載、傳了兩三代的人……

[ 正的 : 反的 ]

詞語聯想練習簿

[ 正 ] ] 反 [

廢墟／空間／範圍／裡外／不是人
不存在／虛無／穿越／溶解／削弱
剩餘／僅存／保留／背叛／遺棄
出走／遭遇／流浪／移動／體驗
嘗試／逃避／信任／共存／前進
隧道／暗無天日／回音／恐懼／克服
超越／下一個／停滯／尋找／自我
微弱／包袱／抗拒／傷害／治療
休息／離開／飛／放鬆／意識
漂流／細微／輕／蔓延／擴大
版圖／佔領／權力／弱勢／階層
社群／交流／資訊／知識／力量
保護／寵弱／敗壞／臭酸／厭惡
情緒／波動／改善／保守／資產
財團／暴利／消費／消失／後悔

樓大麗華／墟廢
間空的窄狹／院合三
室下地／場操大
夜黑／的熱炙亮光
的銳尖／的緩舒
院法立／語詞的善和
鴿平和的上場廣／動暴
林森／園鳥
頭石小大的上床河／流石土
池泳游人私／溝水臭的下橋
班象小園稚幼／心中養安人老
剛金小子原／人獸半
輪花／雄大葉
迷人萬／噗郎太豬
流主／的眾小
者力權／的勢弱
躍活／動被

## 在　尋找形成廢墟原因的路上，遇見一面掛滿鑰匙的牆。

### 遺　棄

那棟房子，面對大街上的那面花窗不知道何時破了一個洞。

這一陣子雨季來臨，天氣也降溫，中午外出用餐時經過幾次，發現窗戶上的破洞未曾修補，難道裡面的人就準備這樣任由它開著不規則碎裂的好似一道喉嚨迎接戶外？

今天經過時，再發現樓下的信箱早就被各種傳單廣告塞滿，以及好幾天份的早報。我不禁懷疑，裡頭的人是被這窗戶的黑洞迅速吸走了，速度之快連那棟房子都來不及打包帶走，它被一切遺棄留在原地，任憑我隨意想像。

### 隧　道

一個被人們留在原處，空無一物也沒有呼吸氣息的房子，在沒有陽光滲入的午後，成了一個前後被封住的隧道，我的耳朵貼緊地板，只能聽得到排水管裡的水滴滑落在下水道水面上的回聲。

### 蔓　延

從一個闖入這棟空屋的人身上帶來的孢子，黏附在斷了腳的木頭椅子上後，不久，屋子裡的所有曾具有生命力的物體都被這些自體繁衍的孢子給覆蓋了。

## 漂　流

廢墟之所以會被認可是廢墟的關鍵原因，在於其間的時間是具漂流性的，並不是一般人認為的靜止不動，在不同的時間造訪，會發現時間的痕跡以一種非常顯著的方式顯露出來，甚至足以辨識這座廢墟的性格，每一座廢墟在具漂流性的時間運作下，願意接納的生物都不盡相同，也因此，發展出各種的廢墟的種類與風貌。

## 尋　找

被人們拋棄的房子，就此走入廢墟之列，有的甚至就只是被用以奇怪的方式抹去在空間中曾發生過的生活痕跡，除此之外沒有其他改變。

可是作為一個地政室人員，卻被上級交代要查出形成廢墟的真相，這真是一個棘手的專案。

究竟我該從廢墟的前身開始著手研究進行田野調查，好確立這手上這麼多被稱為廢墟的案主，可能是因為某種不知名的意外產生自我防衛機轉，最後變成廢墟的假設；還是應該先追查這些廢墟前身所有人們的下落？

# 下　一個

他剛剛彷彿微微的顫抖著，也許有幾秒鐘。我不確定，但當我開始意識到我的動作越趨緩慢的時候，已經無法起身，只能躺著，就像我剛認識他時，他的生理狀態，至於心理上的，他拒絕和任何人作任何有意識訊息的溝通，連僅剩的一隻眼睛，都極力閃躲迴避目光所及迎上前的一切關切。

我認為這種人，比植物人還要糟糕。

在我的家鄉，得到這種病症到了第三期，也就是他現在這樣，醫院就會問家屬要不要簽同意書。醫院和專家認為「這樣」對「大家」比較好，大家也都默默的接受這樣的說法，把這張同意書當成唯一的解藥。

但如果病人沒有親人出面處理的話，也是會一直放任病情惡化下去，醫院方面除了準備好同意書等人來簽署外，沒有其他的方法可施。在醫院準備好同意書到病人生命自願或非自願走到終點前的身理狀態，其實有一個詞可以替代，我們家鄉的老人都用「那個廢墟」來指稱沒有被及時處理掉的這種病人。

我是一年多前到這裡來作看護的工作，但我沒有想到我要照顧的是得了「廢墟」的病人。我不知道他沒得病前是怎麼樣的人，除了醫院的人，他沒有其他的訪客。

醫院交代我的工作內容就是延續「這個廢墟」。這讓我很疑惑，「廢墟」就算不去照顧不作任何處置，他們的生命力還是可以延續一陣子，但這時間的長短沒有辦法預期的準，我聽過幾個病人從開始發作到生命結束的時間和這個人變成「廢墟」前的健康程度成反比。

這樣應該也是公平的，我後來想。

就像廢墟，光鮮亮麗的華廈，如果人口清空搬離，在精華地帶的華廈空屋無人問津的時候，很快就會被下一個建商物色中，於是怪手、整地機會進駐結束它的生命，清空它的存在。

如果是看起來不怎麼樣的空屋，連帶的周遭的環境好像也跟著這不怎麼樣的廢墟淪陷了，沒有人願意再接近，彷彿當它成為空屋以後，該有的生氣都被帶走，也許過了無數個冬天，這空屋依然還存在，只是重量看起來也許變輕了。

我看著他，其實只是用眼角的餘光，我們現在是平行的躺在專屬自己的病床上。我不知道我和他，誰是長命的廢墟，誰是短命的廢墟。但我也記不得為什麼我是繼他之後的下一個廢墟。醫院方面本來很肯定廢墟病並不會藉由任何方式傳播給其他人畜，但是醫院現在也沒辦法肯定這樣的說法了。有一張寫了我的名字的同意書放在值班櫃台的右邊第一個抽屜，和其他等待被簽名的同意書放在一起，沒有順序的放著，我很清楚，反正這些已經染上消毒藥水的醫院用紙張隨時都會更換排列的順序。我很清楚，上面的編號順序是依照時間排下來的，我應該是0025，如果我是接在他後面下一個確定患病者的話。

人物：

我——一個外國移工，到這個國家來工作，擔任醫院的看護。

他——醫院病人，得到「廢墟病」，沒有親人，他是被醫院分配給我照顧的病人。

場景：

城中醫院的絕症醫療大樓。病房區，看起來全部都是白色的，但事實是絕症醫療大樓的空間色彩除了白色以外其他都有。

廢墟病：

一種未知的病狀，當患病者無法與外界進行任何溝通後可能會變成確定病例。

# 這是誰家的鑰匙？

貓。果然如是

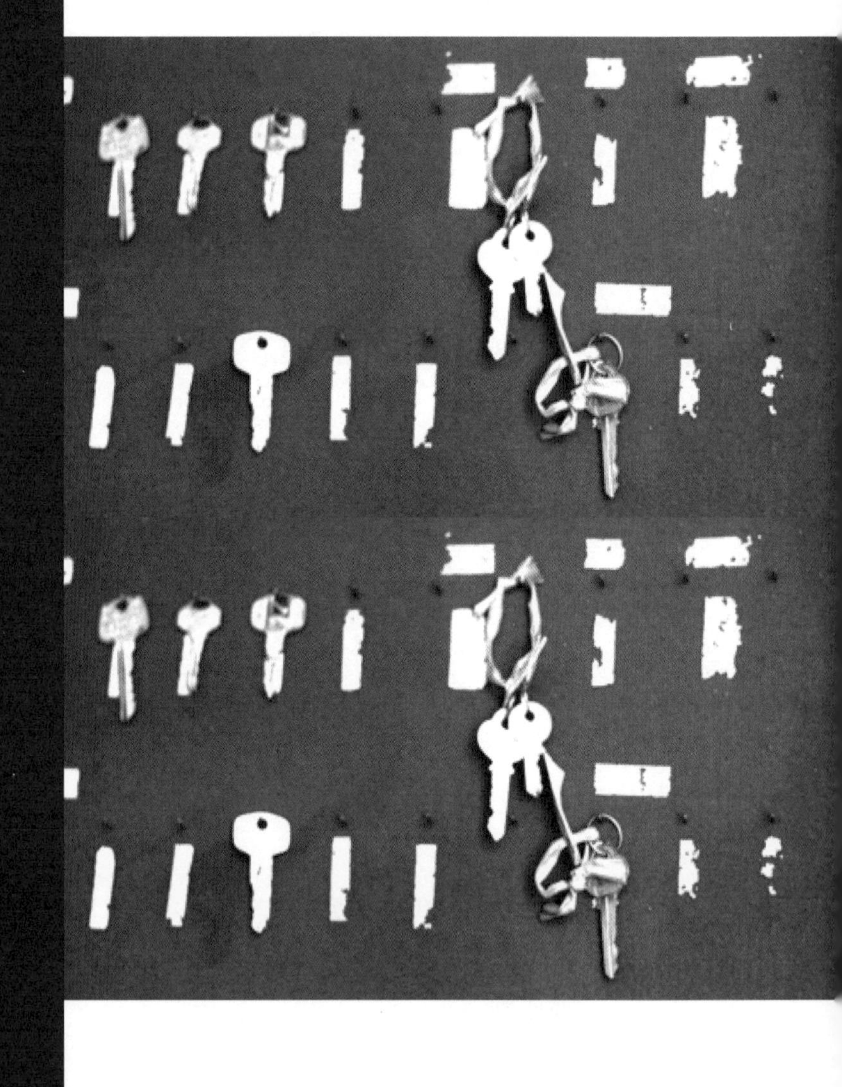

這一片全成了公家的地。

一張紙，一個法令，這裡陸陸續續搬出一些人，蜷居在這裡數十載、傳了兩三代的人，在那張蓋了紅印的薄紙貼在門柱上時，住戶的身分就此剝離，大家都是打包家當即將離開的那些人。

門先被破壞，即使搬空家當時仍然執意要好好的把門窗上鎖的心意是還掛記著這曾經的家園。然後窗戶被一片片的卸下，金屬的鐵窗被誰拆去了，這是一個什麼都被看透的，什麼也遮不住的空殼，陽光、風、露水隨時都可以來去自如，帶來路邊的野草種籽，代替著落下生根。

我只是拿著相機的好奇遊客，偶然經過這片曾是人口密集的區域，後來變成限制開發區，現在是文化教育園區的地方。

望著釘子掛著的鑰匙，這是誰家的鑰匙？

來不及帶走的，卻也開不了任何一扇家園的鑰匙。

ear3

話有越來越少的跡象。

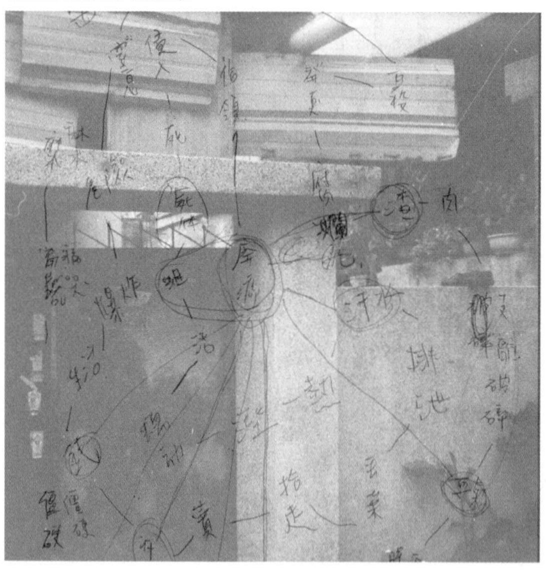

# 鬼針草

最後一次廣播後，停靠在月台邊的列車又緩緩開動了，留在車上的人大部分還迷迷糊糊的，翻了個身繼續睡去，剛上車的……

[ 正 ] [ 反 ]

廢　墟

渣／肉／支離破碎

汗水／排泄／丟棄

血氣／腥臭／空氣

呼吸／污染／疾病

交易／賣／拾走

抽搐／僵硬／

蛆／蠕動／濕熱／活

生活／爆炸／危險／窒息

屍體／死／侵入／佔領

腐爛／發臭／自殺

痛哭／麻木

／區疫／區鬧／墟廢

／透滲／鎖封／放開

／迫急／慢緩／洩頃

／注專／意隨／重慎

／垮鬆／密緊／散鬆

／強堅／弱脆／固穩

／豫猶／毅剛／弱柔

／實充／落失／心決

／涸乾／溢滿／乏匱

／雨豪／雨細／雨雷

／靡頹／季春／季旱

／作振／力乏／力活

／去死／醒覺／棄放

要　哺育鬼針草的土壤
不一定得由下面的事件開始培養起。

## 交易

一個孩子，無視周遭環境，毫無來由的在餐廳內嚎啕哭鬧，引來閒人側目。身邊的父母並未出聲喝止，反而像個僕人，柔聲安慰。

一旁的人似已猜到這對夫妻的意圖。眼前這塊蠻荒地，再待幾年的披荊斬棘，便可成為一座富麗堂皇的宮殿。

在這之前，還需忍受身上這幢破敗老舊的屋舍一陣子，待竣工之時，便可連本帶利追回。

## 抽搐

「妳不要鬧了！」

當這個男人偷腥的行為被妻子發現時，便賞了她一巴掌。

妻子停止了追問，雙肩微搐，噙著淚水盯著丈夫，等著他接下去說些什麼。

這男人一點都無法解釋自己的憤怒是來自哪裡，好幾種情緒一下子湧向他，使他啞然無語，於是他竟也抽噎了起來，頻頻倒吸自己的鼻水，自責起自己無法明朗的思緒。

這女人因此感到某種氛圍降臨於她，於是她再一次原諒眼前這個男人，這個大孩子。

這兩人都有種從斷垣殘壁般的德行中，重新出發的偉大情操。

# 蛆

我可以感覺到嗡嗡作響的蠅蟲，正在我腦上產卵，它們的觸角頻頻摩擦，使我又癢又麻。

「現在你感覺如何？」博士問我。

「是有點不太舒服，但跟真正的不舒服比起來，好像我還可以再忍受一下子。」

「形容一下是怎樣的不舒服。」

「不太清楚，但我漸漸感到失去意識。」

我追隨眼中不能控制的蜉蝣黑點，已經不太能集中注意力。

「我有跟你說明過了，記得嗎？在那份契約裡。」

博士撥了撥我的腦子，像是要將卵分配於我腦子裡的其他營養部位。

這些卵化成蛆的幾天後，從我身體開始產出大量紅色飛蠅，它們的斑斕頭部吐出的唾液能腐蝕所有東西。所以T城從來沒有廢棄物的問題，是世界上第一個無汙染城市。

而我知道，在我的體力尚未被耗盡之前，我還能繼續過著被細心照料的日子。

## 血　氣

聖哲死後便沒有再離開他那張可以俯望階下的椅子。

任憑信徒們如何勤於收割，聖哲身上依然不斷長出茂密果實，他們稱這是神蹟，便開始狂熱的啃食起來，直到所有人都躺臥在血泊般的汁液裡，像個酩酊大醉的酒鬼一般才能停止。

某天聖哲忽然乍醒，他看了周遭一切，便如洪鐘似的叫喊——「主啊！你為何如此待我！！」聲音淒烈無比。

死人無法分辨色彩，於是聖哲肯定以為，他眼前這個灰黑慘白，猶如廢墟的世界，便是地獄了。

## 汗　水

一座動物園要搬遷，原地要拆掉蓋成住宅大樓，工人在烈日底下賣力地工作，在柵欄裡清除每一面牆壁，他們揮動手中的鎬，鑿入任何視線所及之物，汗水四濺在地上，瞬間蒸發成一個印子。

一位員工牽著馬，等著要上卡車，也許太熱，馬匹的眼睛滲出些許液體，看起來像是流淚。

他拍了拍馬匹，在這頭牲畜的耳邊說，

「現在得換他們住進去了，不是嗎？」

# 渣

幾個熱情洋溢的文藝青年，打算在一個只剩老弱婦孺的破舊眷村，播放安迪沃荷的電影，他們認為這是一種文化下鄉的正面行動，這對當地居民，對他們自己，或對安迪沃荷本人，都是一項具有挑戰性的實驗，而他們選的這部片名叫渣，恰巧就是一部再實驗不過的電影。

當晚，Joe Dallesandro 在銀幕上精湛地誇飾他的肌肉演技時，底下並無太大回響，文藝青年看在眼裡，難免有知識分子的落寞，此時，一個奔跑中的幼童，似乎絆倒其中一條電線，於是畫面反覆停格在翻雲覆雨的那一刻，Joe 的呻吟藉著音響以無比的威力播送，慌亂中有人試圖調整音量，但呻吟聲卻不明所以的更加巨大，震耳欲聾。

於是小孩驚慌的哭了，文藝青年彼此叫囂，婦女掩耳大罵、四處有打盹的老人被驚醒，狗對著所有人狂吠，一切都失去控制。

這件事隔天登上了報紙裡的一個小角落，標題是，

「E 世代少年於純樸眷村播放猥褻電影遭扭送法辦」

## 呼　吸

午後的斜陽，照在一處失修的破舊房子上，房子早沒了屋頂，裡頭雜草叢生，但卻開了綻放清香的白花，誘著斑斑蝴蝶在身邊圍繞飛舞。

「看啊！看這些花朵旺盛的意志力，多美！」一個男子輕輕拂著女友的肩膀，從一旁走過。

「是啊，這些蝴蝶在陽光下，真像個遠離塵世的精靈。」女子柔聲附合。

兩人沿著牆壁漫步走在午後的老街上，呼吸周遭的懷舊氣息。

回去後當晚，這個男子狠狠幹了這個女人好幾回合，女人披頭散髮地失神叫喊，像殺紅眼的野人，房裡充斥他們雄渾有力的喘息。

這兩人事後都不太了解，那個下午到底發生什麼事會引發如此之大的獸慾。

## 錢

是的，在一番激烈鬥爭之後，這個男人早其他人一步登上中產階級的堂皇大室裡，金錢權力無一不能倖免得被他緊緊握在手中。

他好整以暇的臨顧這一切。

這麼一來，自己確實有了些餘暇可以盤算如何消耗多出來的大量荒蕪生命。

他被自己一閃而過的想法嚇到，踉蹌的差點從椅子上跌了下來。

# 傳　染

廢墟寫真者総一郎，在出了第八本攝影集後成了舉世聞名的大師，所有人都懾服於他作品裡的破敗景物所帶來的奇異美感。

一股総一郎旋風因此席捲全城。

對於市場需求敏感的人，率先推出一系列的廢墟商品，破掉的塑膠玩具、露出內裡彈簧的沙發、生鏽的卡車輪框、凋零的盆栽、瞎眼的跛腳狗、殘缺不齊的地磚與壁磚……等等。

市民們瘋狂的採購帶動了一波經濟高潮，使當年的經濟指數上升六個百分點。

於是有人建議，應該趁勝追擊，將廢墟效應更加擴展開來，遍佈T城。

幾年後廢墟取代原本林立的大樓，集合住宅，T城充斥一片淒美蕭條的景象，吸引大量觀光客蜂湧而至。

而那些被丟棄在T城外海的嶄新家電、跑車、全新家具、名貴寵物、像增殖的海藻不斷延伸到視野的盡頭。

総一郎最近成日佇立在港口，凝望海面上的壯觀景象沉默不語，所有人都在他身後，引頸期盼他下一個作品。

# 鬼針草

ear3

最後一次廣播後，停靠在月台邊的列車又緩緩開動了，留在車上的人大部分還迷迷糊糊的，翻了個身繼續睡去，剛上車的，則是為了安妥行李，在座位上顯得手忙腳亂。

過年了，車站特別擁擠，隨著人群終於走出閘口，卻在大廳時開始搞不清楚方向。

我只有過年才會回來K市，每次回來，這個車站都會有些不同，只有售票窗上頭那只鐵銀色大鐘沒有變過。

往來的人群毫不遲疑的往四面八方走去，在他們中間的我反而像個外地遊客。

林文似乎是在一旁觀賞許久後，才得逞般走過來。

「還真像個鄉巴佬，你真的是在K市長大的？」林文笑著說。

「嗯。」我不曉得要回答什麼，總之，在他面前我總是顯得手腳笨拙。

「等你很久了，誤點嗎？」

「也不是，好像是春節加班車吧，人特別多，排隊時花了不少時間。」

「我今晚就要回台北了，前天在附近的機車行租了台車，時間也還早，不如先去榮華新村，你再回去放行李？」

「也好。」我想了一想，答應了他。

K 市的榮華新村其實就是由一片眷村房屋組成的廢墟。放寒假前的那一天，我跟林文提起了這件事。那時他正計畫到 K 市旅遊數天，我正好成了地陪，答應到時充當個導遊，帶他四處逛逛。

林文喜歡廢墟，對我形容的榮華新村也很感興趣，當時便約定好了時間，還提醒我說千萬不要忘記。

林文是我大學同學，外表斯斯文文的，人又聰明，皮膚雖蒼白了一點，但因家境優渥的關係，於是他那種蒼白反而成了與他十分相襯的氣質，跟我是截然不同的。林文熱中於校外活動，同學裡大概很多人都不曉得，在課堂上甚少與人打交道的他，其實在一個頗有知名度的討論區裡是風雲人物。

大概受他校外那群朋友的影響，林文對關懷弱勢團體，文藝活動相當有興趣。他常在網路上批評時事，留下回應的人，不管持反對或贊成意見，也都有相當的表達能力，所以這些文章時常是相當冗長。這些人雖然都少不了批評他，但基本上是不能沒有林文的，甚至可以說要是林文沒起頭發言，一段時間後便會出現，「最近怎麼感覺挺無聊的」諸如之類的留言。

我常覺得有趣，有多少人知道林文僅是個大學生呢？

休學後，我在外島服了十五個月的兵役，退伍後茫然然的，找的工作似乎都不是自己喜歡的，工廠裡的單調生活令我感到厭煩，打工的餐廳雖然有趣，但薪水根本不夠花用。沒有一技之長，也沒有學歷，於是拿著這樣的藉口，低著頭與母親商量，又回到台北唸書。

在學校裡我沒什麼朋友，林文也是。當了一年半的兵，雖沒把我磨練強壯，但過來人的身分卻使我感到身邊的人都很幼稚，整天除了來往學校與宿舍，幾乎就是上網發著呆來消磨時間。林文獨來獨往的個性引起了我的興趣，我雖長林文兩歲，但因緣巧合之下知道他的身分後，也成了無所不談的朋友。

「許多有名的藝術家，小說家，甚至企業家也好，在年輕時就十分有抱負跟理想，不像這些人般天真。」

在身邊的同學話題還圍繞著聯誼、電視劇，或哪個運動比賽時，林文總喜歡看著他們，下著這樣的結論。

我雖然也不愛與這些注重打扮與髮型，喜歡大吼大叫的同學相處，遠遠看到他們我就厭煩，但林文與他們還是聊得起來，他曾跟我說，他抱著的是一種觀察生物的興致，而不是真的與他們來往。

有時我會擔心林文怎麼看我的。在學校裡，我幾乎只有林文一位朋友，但林文不同，他在校外還有一群志同道合的夥伴。他們常聚集在一起看藝術電影，聊戲劇，或交換一些非常昂貴的攝影書籍，跟平時的他不同，這個時候的林文看起來十分自在，在他眼裡有種我所缺乏，充滿自信的光芒，似乎一開始就打定了目標毫不回頭的前進，他的個性感染了其他的人，也使我能夠接觸到一些未曾見識過的事。

記得第一次在大學附近，某個位於地下室的咖啡廳裡，林文以及幾個他的朋友，在唸著幾首雜誌上的詩，那種氣氛真是古怪，我還記得那裡頭散發著一股潮濕霉味，不夠明亮的昏黃燈光，桌上的啤酒與香菸，還有周遭的人們，構成了一種與我格格不入的風景，我嚮往的是他的生活嗎？若換了一個環境，我是否也可以如林文這般意氣風發？香菸瀰漫著每個人的面孔，在那之中我不曉得自己屬於誰，卻感到十分快樂，好像不需想這麼多，生活的煩惱如同地下室外的世界，被暫時隔絕了起來。

離開 K 市鬧區約快一個鐘頭，我憑著去年經過這裡的印象，終於快到了目的地。

K 市的天氣不錯，陽光和煦，甚至有點熱，今年的暖冬使人們早早就換上短袖的 T 恤。大部分的人都趁著此時出遊，幾台休旅車從旁駛過，一個穿著大紅色連帽外套的小女孩，從車窗內看著我們，她的臉也紅咚咚的，十分可愛。

「應該不會有狀況吧，像上次一樣。」林文坐在後頭問我。

「不會，去年雖然只是從外面經過，但住戶差不多都遷光了，今年更不可能還在，何況，那裡平常就沒什麼人，放心吧」。

林文指的是有次，我們爬進一間位於鬧區的廢棄百貨公司裡，觸了保全警鈴這件事。

「北部不可能有這麼大的廢墟，大概有好幾十戶，不是往常我們去的，那種小家子氣的規模。」

一路上我興致沖沖的形容著榮華新村，迫不及待看到林文驚訝的樣子。

「那我新買的相機就派得上用場了。」

「嗯。」

我瞄了一眼，身後的他背著的一台偌大的單眼相機，沒記錯的話，那得要好幾萬塊。

不久後，我們從一條大馬路的巷口繞進去，經過了一座泥水工廠，那條路我從前每天都會經過，再往一旁蜿蜒的小路走進去，就會看到一墩矮長型的石牌，上面寫著榮華新村，就是這一大片廢墟的入口。

榮華新村位在K市的西側，在我小時候，還是一處大型的眷村，離這不遠就是學校及傳統市場，放學時我會經過這裡，許多老人家坐在家門口聊天下棋，小孩子把巷弄當成遊樂地，在裡頭穿梭奔跑，好不熱鬧。

曾幾何時，市中心越往東移，這裡就顯得荒涼，加上不健全的土地徵收與開發，這裡落後的程度就越加嚴重。這些都是聽母親說的，我也只依稀記得她有提起過，至於榮華新村如何成了廢墟，我也不曉得，其實，也是不怎麼關心的。想來我當時，也只是被這一大遍空蕩蕩，雜草叢生的房舍給吸引了過來，心裡面的驚喜是大過於感傷。

我一路上放慢速度，偶爾讓林文下來拍拍照，穿過屬於眷村的矮厝區後，來到一排數層樓高組成的廢棄公寓前的空地。

「這裡包准你沒見識過，用走的過去吧。」我略作神祕的跟林文說。

「真像個異境，我在台北還真沒看過這樣的地方。」

林文東張西望的樣子，令我感到好笑，同時也有一點自負，終於我也有個長處能讓他感到佩服。

距離我們不遠的幾棵大榕樹，旁邊有著一間鐵皮搭起的小屋，上次我並沒有留意到；一只褪色的國旗，豎在屋頂上飄動著。鐵皮屋旁的幾只籐椅圍著一張長型的木製茶几，藤椅上頭有個人影，仔細看才發現，那是一位年紀非常大的老人。

應該是個退伍老兵吧，看上去約莫七十幾歲了，背非常駝，穿著一件墨綠色的毛衣，棉襖長褲，兩隻枯柴般的手臂拄著一隻木拐杖，往我們這邊打量著，他被鬆弛皮膚所覆蓋的五官，看不出正確的表情是什麼，只是微微露出，類似疑惑的小小緊張。

「過著年的，沒有家屬來看他嗎？」我說。

一旁的林文催促著我，示意我不用理會。

「總是有些不想遷走的吧。」

「是啊，都這麼老了，真可憐。」

「嗯。」

林文拿起相機，往鐵皮屋的方向按了好幾下快門。

「我想把今天拍的都放在網路上。」林文調整相機，將幾張顏色失準的照片先刪去。

「這就是失衡的城鄉差距，連同土地與人，都成了政客手裡待價而沽的商品，利用殆盡後，被人遺棄。」他接著說。

這幾棟杳無人煙的建築物比我前次來看時，還要更像個廢墟。應該是為了方便拆運之故，所有窗子、鐵門，外觀上能看見的障礙物通通已被拆走，只剩下灰色的方正空殼，水泥打造的空殼。我們走了進去，樓梯間連手扶杆也沒有，外頭的陽光毫不費力完全照映進來，灰塵在光線下流動著，四周安靜的有點不可思議。

室內值錢的東西都被屋主帶走了，所以留下來的，自然就是屋主不想要的東西。破沙發、笨重的神桌、破舊的衣櫥、翻箱倒櫃散落一地的家用物品，似乎有流浪漢活動的痕跡，幾條又髒又黃的棉被丟在角落，碗筷酒瓶疊在一張木凳上，幾隻蒼蠅在上頭盤旋著。

林文自顧自的穿梭在每個沒有木門的房間，嘖嘖稱奇的拍下許多照片，之前看過的廢墟，嚴格來說都是整齊的廢墟，沒有一處像這裡般，還有這麼多的棄置物沒清理，就像才匆匆離開沒幾天一樣。附近有一張靠窗的桌子缺了腳，抽屜裡的東西都泡了水，我翻了翻，發現一疊全黏在一塊的發霉照片，我撕了開來，其中有著一張類似全家照的模糊人像，斑駁的顏色凝結住了時間，照片裡的人拘謹的坐在一塊，臉色像在質疑我們到底為了什麼來到這裡，不過那也只是一閃而過的念頭，這裡已經沒有人住了。我踢開腳邊的障礙物，循著林文喚我的聲音，走到對面一戶同樣破舊的空屋裡。

「你快過來看！」林文喊著。

「這不是浴室嗎？」我不經心的走進去。

「小心一點。」

林文拉住了我，我往右邊一看，腳邊的樓板已經連著牆壁塌陷，要是再往前幾步，就會摔下去。

「好險。」

我看著這長滿青苔，散發異味的浴室，那片攤掉的牆露出大半部外頭的風景，左手邊可以看到入口那片空曠的地，而正下方有個鐵籬笆圍起來，是從剛剛的入口無法發現，隱藏在這排公寓後頭的廢墟。

「還有個廢墟在後面！」我驚訝的說。

「嗯。」

由高處觀望，這塊約一個操場大的區域，是由四間方正的平房，以及一個小型廣場組成的，平房的後頭有個小型涼亭，似乎是個供人休息的院子。

「我們進去看看吧。」林文說。

「這樣好嗎？前後左右都圍起來了，表示不想讓人進去吧。」我一臉猶豫。

「都來了，不去很可惜吧，我那群朋友要是知道有這個地方，一定也會進去瞧瞧的。」

林文難掩興奮，也沒顧我的意思，逕自的走下樓去。

我們在後頭找到可以讓人鑽進去的入口，一腳才跨進去，褲腳上便沾滿一堆黑褐色的毛刺。

這裡到處長滿了鬼針草，我對這種植物再熟也不過了。鬼針草屬於一種外來種，適應力強的野生植物，以前在外島當兵時，必須時常出公差整地，那裡的土質乾硬，風沙大，這種植物卻能適應氣候，長的茂盛無比。而它的果實是就是這種長型的倒鉤芒刺，不管人畜，只要經過便會沾的一身都是，很難清理。平時它是平淡無奇，甚至惹人厭的植物，但到了春天，鬼針草會開出滿滿一地的白菊色小花，便是這些芒刺四處播種的功勞。不想開出嬌弱的鮮豔花朵，只為了生存而努力，便是它的特性。

在枯燥乏味的部隊裡生活，我常感到悶悶不樂，那白黃相間的針草花海，像在海底擺動的波浪，隨著徐風而起伏著，這不可言喻的美麗景象，曾經默默地安慰著我，即便只是一下子，但我依稀記得那種感動曾經使我一度覺得，自己並不是孤單的。

林文一邊埋怨，一邊將腳高高抬起前進，而我則是索性由它而去，看來住台北的他可能還不知道有這種植物。

我們猜測這裡可能是當年官兵與老百姓同住的宿舍，方才看到的廣場，其實是一個小型操場，為了使集合的隊伍整齊，還可看到地面上漆記著號碼的數字，一個簡陋的司令台，面對著這塊場地，以及後面的四排平房。穿過一個窄小的通道，就來到平房後的涼亭區域，這裡照不到陽光，特別潮濕陰暗，幾隻造型不甚正確的石雕動物，應該是河馬或大隻的老虎，散布在涼亭周遭，林文在這裡不停的拍照，我也頗覺有趣，盯著那些看似威武，但卻因歲月的刻蝕而顯得怪異的動物雕像。

這四間平房就比較沒令人驚奇之處，除了入口比較難找之外，林文發現一扇門，雖然上了鎖，但結合鎖框的木質部分早就鬆動不堪，用力一轉，木門便應聲被推開，門把也掉在地上。

「還真是脆弱。」

林文露了給鬼臉，撥了撥臉上的蜘蛛網說著。

我們四處在裡頭閒逛，最後來到一間較大的長型房間，我一眼就認出這是一間中山室，因為前後各掛著當時的國家元首，以及軍方將領的裱框照片，長型的板凳被堆到兩旁，牆壁上頭掛了「精忠報國，服從領袖」等等的斑駁的標語。外頭的陽光減弱了，橘黃色的夕陽照映在室內，冬天的夜晚來得比平常早，我們再繞了一圈，時間也不多了，便打算從原來的入口出去。

這時，一個老人出現在門口，似乎站在那裡好一會兒，正目不轉睛的看著我們。因為背著陽光，過了一會我才發現，他就是坐在榕樹下那個近八旬的老人。我與林文對看了一眼，不曉得怎麼回應。

「老伯，不好意思，我們走錯地方，現在要回家了。」

因為總覺得理虧，於是我先開口說話。

駝背的老人拄著拐杖，身體微微抖著，似乎是聽不見的關係，他並沒有作聲。

林文此時走近了一點，拿起相機，拍了一張照片。

殘破的廢墟與老人的出現，不想錯過這樣的景象，林文舉起相機，又按下了快門。

在那當下，老人手上的木杖突然朝著林文的臉而來。

林文慘叫一聲，一隻手摀住了頭，蹲了下去。

老人兩手緊握木杖，弓步的前進，我這時才看清楚，那並不是一隻木拐杖，而是早年的部隊為了教導新兵認識步槍，刻意雕出有個大略外型的木質長棒。

老人不罷休，舉起木杖又要朝著林文的背部揮打，但他在剛剛就用盡了力氣，只往旁邊揮了個空，打落了林文的相機，相機的鐵殼掉在地上，碰撞出尖銳的聲音，鏡頭從中裂成兩塊。

「住手！」

那一瞬間我也嚇壞了，想去阻止老人，兩腿卻不聽使喚的留在原地。林文似乎在啜泣，他看著自己的手，上面混著泥水與血，額頭滲著點點血漬，嗚咽的喃喃自語。

「沒事吧？」我問。

他的蒼白的臉漲成紅色，嘴唇微微顫抖著，我從沒看過林文這個樣子。他發出野獸般低沉的喊叫，突然抓起相機推開了我，衝向老人的懷裡。

老人往後跌到地上，林文跨坐上去，手中的相機揮起時，背帶在空中拉出一條直線，隨後重重的像木樁般落下。老人起初大吼著，操著口齒不清的方言，雙手抓捏著林文的雙手，損壞的相機，只剩下凶器一般的功能，牢牢的被林文握在手上，當他再次砸向老人的頭頂，我終於想起那是鉛球掉到柏油路面時，傳來的悶響。

碰咚的一聲，又一下，上頭的不曉得誰的血，飛濺到地上，老人的腿隨著撞擊，像實驗室裡的青蛙，伸直似的彈動，而且也不再反抗了，只剩軟弱的手在空中揮著。

我從一片空白中醒了過來，跑過去把林文從老人身上拉起。

「走了啦！！ 走啦！」我急的連叫聲都沙啞了。

林文轉過頭來看著我，那是一張驚慌又恐懼的臉。我拖著他的衣領，衝出門口，那片木門被我踢開，回頭看了一眼，老人躺在地上一動也不動，但胸膛卻不斷起伏，同時像狗一般微弱的哀嚎著。

天色已經暗了，我們一路穿過廢墟的入口，往空地不停的奔跑，終於到了摩托車停放的地方，我催促著林文快把鑰匙拿出來，我的心臟劇烈的跳動，耳朵內嗡嗡作響的脹痛。

林文握住了我，兩隻眼突然睜的又圓又大，

「他媽的，這老傢伙竟然敢打我，他為什麼要打我？」

林文的臉都是灰塵，兩道淚痕清楚留在上頭，他的表情既痛苦又疑惑。但至今叫我無法忘記的，仍是他從緊咬的牙根裡，迸出的輕蔑笑聲。

「活該！是他先動手的，你都看到了！他先的，沒錯吧！？」

我沒有回話，一直到送他坐上往台北的火車前，我都不敢看林文的臉，剛剛在廢墟裡發生的事，以一種混合著羞愧、混亂、憤怒的情緒在我腦裡糾成一團，我沒有答案可以回答他，甚至也不曉得屬於這個答案的問題是什麼。

回到家後，母親已準備了一桌菜，她從房裡走了出來，一臉喜悅的眼神又黯淡下來。

「怎麼弄成這樣？」母親看了我全身狼狽的模樣，不解的問道。

我低著頭，才發現手臂擦傷了，褲子也刮破個洞，鬼針草沾了我全身，穿過衣服傳來扎人的刺痛。

「別問了。」我默默的回答。

「我真不知道你在台北念的到底是什麼書。」

母親嘆了口氣，又走回廚房，今天是除夕夜，也是我們母子倆團聚的日子，我從後頭看著母親，她孤獨的身影一如往昔。

陳晉茂

一個快要有兩個小孩，卻還時常做夢的中年男子。

# 清晨

此地為軍事管制區，未經許可，禁止進入，違者依法究辦。

看著前方告示牌上的紅色字體，我不禁猶豫起來。

雖然對此地非常熟悉……

| [ 正 ] | [ 反 ] |
| --- | --- |
| 廢墟／吳哥窟／塔普倫／古墓奇兵／榕樹 | 廢墟／豪宅 |
| 印度教／喜馬拉雅山／挑夫／帳篷／清晨 | 狹小／廣大 |
| 奶茶／帝王／差距／貧富不均／資本主義 | 原子／宇宙 |
| 美國／大軍／坦克車／沙灘／比基尼 | 清楚／模糊 |
| 美女／雜誌／沒落／夕陽／淡水 | 解藥／編碼 |
| 海防／站哨／當兵／苦悶／不自由 | 雜亂無章／秩序 |
| 監獄／陳水扁／官田／菱角／牛角 | 犯罪／自由 |
| 鬥牛／西班牙／巴塞隆納／奧運／棒球 | 共產／民主 |
| 大陸／觀光／鬧區／電影／獨自一人 | 北韓／南韓 |
| 單身／國中／大華／升學單／教育制度 | 天然未加工／加工食品 |
| 改革／革命／激進／危險／叢林 | 有機食品／農藥 |
| 猛獸／獅子／肯亞／大草原／柔軟 | 健康／生病 |
| 海葵／小丑魚／Nemo／動畫／皮克斯 | 老／嬰兒 |
| 蘋果／醫生／不可靠／人性／善惡 | 世故／單純 |
| 模糊／說明／表達力／重要／快樂 | 快樂／痛苦 |
| 如何／不計較／知易行難／王陽明／哲學家 | 平靜／暴躁 |
| 羅素／儉樸／自瞞／二兵／卑下 | 休假／忙碌 |
| 階級／不平等／真平等／假平等／男女 | 失業／安全感 |
| 自由意志／克里克／聖 | 大象／老鼠 |
| 地牙哥／太空船／宇宙 | |
| 霍金／輪椅／網球／精進／佛法 | |

## 這 天的清晨
## 讓我想起已經消失在心底深處的……

## 清晨

等了一夜，天快亮了。

地上躺著兩個人，一動也不動。

我身上揹著一把六五 K2 步槍、一支無線電。在黑暗中監視著到達海灘唯一的路。

這個海邊的廢墟，據說過去是放置船難屍體之處。每次一想到這件事我心裡就發毛。

不過再怎麼恐怖也比不上班哨的這些兇神惡煞。

這群人只會幺我，平時操我、出勤時整我，又要我一個人守整夜。早上回到班哨，我還得擦槍、打掃，才能上床睡覺，不到中午又得起來幫忙煮全班哨的午餐。這種日子哪是人過的？

路面上突然有車燈閃了一下。糟糕！

還好，只是經過的車子，沒有停留，不然就麻煩了。我的任務不是監視海面狀況，看看是否有走私偷渡事宜，反而是從這廢墟的洞監視路面，看看是否有督導過來會哨。若是有人透過無線電呼叫我們而我沒有馬上回應，我就黑了。整連守在無線電旁的人都會知道我這個菜鳥二兵倒機，而我接下去就要倒大霉了。

每天望著這片黑夜中的海，聽著海浪聲及呼呼的風聲，真的不知道這兩年該怎麼度過。幹！欺人太甚，這些人去死吧。

走向躺在地上的兩人，調整一下身上的槍，緩緩的伸出手拍了拍兩人：「學長、學長，六點，可以收操了！」

幾分鐘後，美麗海邊的隱密廢墟中走出三名保家衛國的頹廢海防軍人。迎著清晨的日出，緩緩步行於沙灘上。

## 宇　宙

Bingo！全體人員一起發出歡呼，這一刻大家等了好久。

前方這顆星球，就是我們盼了好久的目標。

之前發生的怪事，連我這個人稱全地球最天才的物理學家也想不透。有那麼一瞬間，太空船的儀器顯示全都故障，我還以為一切都完了。從現有的知識與法則，我實在無法做出任何推測。大家不斷問我，我只能沉默以對。所幸現在一切恢復正常，真是好險。

到底是怎麼回事？

這次任務極為艱鉅，更攸關全人類的生存。地球聯合國用盡一切最高科技，打造出這艘太空船，更挑選出十名精英進行這趟任務。幾乎全都賭在這一把上了。

我們的目標是要尋找一個可以居住的星球，作為地球的替代品。

據估計，不到一百年的時間內，地球就不再適合居住了。古人對於人類自身太有信心，以為時候到了，我們一定有因應之道。現在時候真的到了，人類其實還不知道該怎麼辦。地球上一大半的人已經認定人類馬上就要滅亡，但絕不包括我，我依然有信心可以找到一個適合人類居住的星球，雖然只剩一百年。

眼前這顆星球在條件上與地球相近，不，應該說是幾乎一模一樣。機器人初步探測的結果，應該很有機會。奇怪的是，如果是這樣，為什麼沒有生物的存在？

……

【最後發現這其實就是地球。人類已經滅亡。】

# 西　門町

「我想看電影，還有……讀一本書。」不久於人世的老人突然提出這樣的要求。

「哪一部電影？現在孤狗電影資料庫可以快速下載從過去到現在所有的電影；孤狗電子圖書館也有古今中外任何一本書，要什麼都有！」年輕人回答。心裡覺得自己真是幸運，生在這樣一個時代。

「不過，我想要在電影院裏看電影；想讀的是紙本書。已經好久沒有體驗這種感覺了。真的好久了。可不可以拜託你幫個忙？」

「嗯……紙本書應該不難，我可以到紙本書博物館去借借看，不過到電影院看電影比較麻煩一點，我記得西門町好像有一個博物館，裡面有一個古時候的電影院，我小學校外教學有參觀過一次。只是，現在一般的影音系統就有電影院模式啊，只要戴上VR眼鏡，那種聲光效果還有臨場感絕對比過去電影院的好幾百倍。」

年輕人很納悶，為什麼要去電影院呢？自從影音系統與電腦動畫科技突破瓶頸，加上電影的各種題材一再重複，已經了無新意，於是電影產量越來越少，電影院逐漸成為過去式。電影製作公司現在的工作主要是拿舊電影重新製作，加上最新科技呈現出不同的互動效果。反正過去以來的電影多到看不完，沒有真正的新電影其實也沒關係。

紙本書更是落伍，現在的電子書多媒體效果多棒！聲音、影像、虛擬實境，隨時要查閱書中不懂的部分更是輕而易舉，而且只要一台輕薄的孤狗閱讀器再加幾個配件就一切搞定，真難想像過去那種翻書查資料的辛苦。還好我生在現代。

「你不會懂的。」老人說。

……

# 國　中

他始終忘不了那個眼神。

當時他喜歡賢班的一個女生。因為總是搭同一般公車，每天上下學都是他最期待的時刻。只是學校管得嚴，不但男女分班，連樓層都不一樣，甚至男女互相交談都是違反校規的大事。每天只能在等公車及搭公車之際，偷偷看著她，雖然只有這樣，他覺得好快樂。這個階段就是要用功讀書，將來考上建中、台大，到時候再約她。這個單純又自以為是的想法經常的出現在他腦海。

這一天，英文老師要他將賢班的考卷拿去樓上給賢班的英文小老師。他從來不曾來過這禁區般的樓層，帶著點緊張走到賢班門口敲了兩下門。「報告，找英文小老師。」她從座位上緩緩走來。當她來到他面前，他一時間語塞，一句話也無法自口中完整蹦出來。他不敢相信賢班的英文小老師竟是她。「我……老師……那個……」見她露出不耐，他的緊張更是加劇，短短幾秒的時間好像無限延續下去，臉部因緊張而泛紅、表情更開始起了變化，旁人看來，竟是張猙獰臉孔。

她受不了，說了聲「變態」準備回頭走去，他滿臉通紅的向前亟欲解釋，「等一下……」手忙腳亂間，他腳絆了一下，向前倒下，本能的抱住前方物體——她的身體。

事後，他遭到處罰。午休時間在升旗臺上吸奶嘴罰站，遭受全校的指指點點。

當他在升旗台上吸著奶嘴的同時，見到一雙輕蔑嫌惡的眼神——她的眼神。

雖然沒人察覺，日子還是一樣——上課、讀書、考試、因考不到標準被打……。但其實從那一刻起，他心中的某個角落已成廢墟。

## 海　葵

這裡因為金礦的開採，一度是個繁華的山城。

一到晚上，大夥兒藉著燈紅酒綠的生活擺脫白天礦坑中的辛苦與煩悶。有了機會、有了錢，人就集中了起來。雜貨店、五金行、餐飲店、酒店……各種需求的店鋪全都出現了。接著蓋了幾間學校，房子也跟著一棟棟密集地蓋了起來。這榮景，彷彿可以永遠持續。

隨著礦脈的枯竭，人口迅速外流，加上颱風、土石流的幾次天災，使這地方更加沒落，人口只剩幾千人。當居民彼此聊起今昔差異，都要不禁感嘆人世的變化。

不過此地還有個寶藏，就是它依山傍海的美景以及很有故事的過去。也不知道為什麼，就在那幾年之間，一家又一家的茶館、民宿紛紛開張，趨之若鶩的國內外旅客來到這裡吃小吃、賞美景、進行採礦體驗。別說是假日了，連平日這裡都是人山人海！這人潮只怕連過去最繁華的時刻也比不上。

後來海平面不斷上升，山城逐漸沒入海中，礦坑、博物館、電影院、民宿、茶館全都泡入海中，似乎永無翻身之日。在最黑暗的時刻，珊瑚逐漸在此生長，接著海葵、海星、海綿、海鞘、蝦蟹、各種碟魚、河豚、鯛魚，還有優游於海葵軟綿綿觸手上的各種小丑魚也慢慢繁衍，成了海中的珊瑚礁樂園。這一次的榮景，又將持續多久呢？

## 哲　學家

哲學家每天早晨，總習慣漫步於林中小徑，思索著關注的哲學問題。在散步過程中，他總試著讓全身的感官放開，去看、去聽、去聞、去感受一切。據他自己說，只有在這種動態的處境下，他的思路才得以開闊，想通坐在書桌前想不通的種種。

待人親切和藹的哲學家，極受到當地居民的尊重。大家私底下將這條小徑稱為哲學步道，為一條平凡步道增添一點人文氣息。

離步道不遠處，有間廢棄的房子。這天，哲學家心血來潮走向這空屋……

據說，他就是在進到這空屋後發瘋的。

## 太　空船

「媽，那是什麼啊？好像飛碟哦。」坐在後座的小孩這樣問他的父母。

「那是海邊的度假中心。」

「好想住哦。住在裡面一定很棒。你們看，那裡還有一條好大的龍哦！」小孩心裡想著，以後一定要來住住看。

「妳看，那邊有一堆像飛碟的建築。」大學生對剛剛抽到他機車鑰匙的女孩說。

「真的耶！晚上看起來好恐怖哦。」

「以前是度假中心，現在都廢棄了。以前我想來住住看，現在沒機會了……妳看，有一隻龍！」黑夜中路旁的龐然大物真的相當具有恐怖感。

沒有回應，不過女孩原本緊抓住機車後方把手的雙手，突然移到他的腰際。

他露出一抹微笑。

「今天就睡這裡吧。」帶頭的這麼說。

「學長，真的可以嗎？」第一次出勤的菜鳥問。

「當然。只要督導或別組呼叫時有回答、要求會哨時趕快出去就沒問題了。守這個海域是我們的福氣，可以窩在這個擋風遮雨的飛碟裏。飛碟耶，還有床可以睡，哈哈。我們都變成外星人了。」

終於住到了。菜鳥對自己說。

# 網　球

看著 MOD 轉播的法國網球公開賽，費德勒贏得冠軍戰後激動地跪在紅土場地上，這是他平歷史紀錄的第十四座大滿貫金盃，也取得四大公開賽所有賽事冠軍的金滿貫榮耀。我一點也不覺得感動。原本不想看的，因為太無聊才隨便轉台，不小心轉到這台，又不小心看了兩個小時。我真的不想看，網球有什麼好看，打過來又打過去，就是這樣而已嘛。

以前我也打得嚇嚇叫，現在全國排名第一的選手 L 那時還是我的手下敗將呢。這種運動有什麼困難？就是跑來跑去，把球打過網子就好，就是這樣而已。

要不是我一隻眼睛瞎了，沒辦法準確測量球的位置，L 現在哪能這麼囂張啊。

十年前我在球場練球，隔壁場地的白目選手練發球竟然亂打，直接命中我右眼。技術那麼爛，幹嘛要出來丟人現眼！球要打過網子，也要打在場地裏啊，打到別的場地還要玩什麼啊？

只剩一隻眼睛，但我還想拼，只是感覺全都不對了。不要說是 L，就連一些名不見經傳的選手我都打不過，後來我不再碰網球了。

還好沒有繼續打下去，不然現在可能也是不上不下，像 L 一樣，好像有點兒成績卻也好不到哪兒去，一下這兒受傷、一下又是那裡痛，何苦嘛。不就是打過來又打過去的遊戲嗎？只不過想贏球的話打過去的落點要準確、球速要快，當然有時候也要懂得放慢改變節奏。哎呀，就是這樣而已啦，何必太認真。

真的，還好我瞎了一隻眼睛。真的。

## 奶　茶

按照慣例，他帶著兩名弟兄先走到鎮上雜貨店買了些乾糧，其中總少不了奶茶。他告訴自己，因為當兵太過苦澀，需要一些甜蜜來淡化。還好這樣的日子快要結束，看了兩年海，以後不知道還會不會想帶馬子來海邊？今天要一起執勤的是個剛下到班哨來的二兵，聽說還是大專兵。幹！大專兵有什麼了不起，什麼都不會。除了讀書以外，什麼事情比我強？等一下要好好來整整他，讓他知道我這學長不好惹。

他一邊想著稍後要整人的花樣，一邊又吸了幾口他最愛的奶茶。

幾分鐘後在海邊小鎮上，三名保家衛國的軍人，提著一堆剛買的零食走向美麗沙灘的祕密廢墟，準備進行祕密任務。

## 北韓：南韓

自從這條線徹底分開兩邊以後，我們這邊越來越窮、越來越亂。

我認為這樣的制度是行不通的。

一開始只是口頭上的切割，管得很鬆，想過去很容易；都怪當時沒有馬上做決定，現在好了，過不去了。我想帶著家人到日本，再坐船到那邊去。雖然有點風險，但為了美好的將來，我認為一切都是值得的。

自由經濟根本行不通，這麼腐敗的政府讓我們這裡現在就像廢墟一樣。在這裡，我看不到任何希望。

我要投奔北韓。

# 清晨

陳晉茂

「此地為軍事管制區，未經許可，禁止進入，違者依法究辦。」

看著前方告示牌上的紅色字體，我不禁猶豫起來。

雖然對此地非常熟悉，也知道這種告示不過徒具形式，潛意識卻依然受到這些字句的制約。加上這個布滿雜草的班哨看起來已荒廢了一些時日，恐怕早成為蚊蟲鳥獸的居所，更讓我踟躕不前。

半夜，心煩意亂。

每天被工作壓得喘不過氣來，完全失去對自己生活的自主權。這就是我追求的人生嗎？一時心血來潮，驅車來到這個十多年前待了將近兩年，擁有許多回憶的海邊。

停好車，摸黑沿著小徑走到這裡，才發現人事全非，這裡竟然已經撤哨，不再有任何軍事用途。

看看手上那支陳年老錶，才五點多。

這支銀色金屬錶戴了十幾年，陪我度過人生許多階段，早已習慣，根本不想換。

天際漸露曙光，想走進去，卻被這拒馬前的告示牌所阻擋。

當初在這裡的最後一年，就是個極度小心謹慎的副哨長。什麼事都照規矩來，是連上長官最放心的士官，也是哨內弟兄心中隨和但無趣的好人，生活中沒有一絲驚奇。

都已經退伍十年，還在意這毫無意義的告示牌嗎？這輩子難道就要一直這樣，永遠被有形無形的各種障礙所束縛嗎？

循規蹈矩，永遠走在安全的路。聽話、安份、習慣遵循他人指示。從小就是父母眼中的乖小孩、老師最喜歡的好學生，職場上也是上司眼中的好下屬。但這幾年我卻漸漸發現這樣的人生看似成功，實際上猶如一張張黑白照片，毫無色彩可言。

感情方面也是一片空白。雖然別人稱我是所謂的「科技新貴」，但我自己最清楚，電子業的工作只不過是一種高級藍領，多的一點錢都是用命換來的啊。朋友們試圖幫我介紹一個又一個的對象，總是沒有結果。感覺就是不對。

天色又稍稍亮了些。

我鼓起勇氣，躡手躡腳側身從拒馬旁的縫隙進入班哨。

首先映入眼簾的是油漆已斑駁、裡頭空無一物的安全士官哨亭，當年我不曉得花多少時間站在這兒執行保家衛國的夜間任務。站哨最主要的任務其實沒有別的，就是要盯緊遠方是否有來車駛向班哨，如果有，就得按鈴通報全哨弟兄，該做什麼事的全都得立刻就定位——該睡覺的要關燈上床；該監視海面的哨兵要直挺挺的持槍望著海，並趕緊數一下海上有幾艘船；該在雷達前監視的要把雷達記錄寫好；該在沙灘上步巡的人和軍犬就不該出現在哨內鬼混。

總之，表面上一切都要照規矩來，因為會出現在這荒郊野外的車輛多半是來查哨的。當然，也有可能是來到海邊的車床族，不管如何，見到黑影就要開槍，沒人會怪你按錯鈴。

哨亭裡有支電話，是每個人站哨時最重要的精神食糧。那個不知花掉我多少錢的投幣式電話如今已不在，只留下積滿灰塵的檯子。

剛進班哨的菜鳥階段，我沒得選擇，只能站半夜十二點到三點、沒人想站的那班哨，不過因為有她在電話中的陪伴，站哨的苦悶完全轉為快樂。我們總是天南地北的聊著彼此的生活——今天我又被哪個學長整；她今天工作上有什麼新鮮事……如果沒有督導出現，往往一聊就聊到下哨。

那是我的初戀。我們大二時開始交往，三年的時間裡有太多甜蜜的回憶。在我心中，她是天下最完美的女人。一直都是。我曾經認為自己是天下最幸運的人，可以找到真愛。不管在各方面，我們都如此契合，彼此又這麼珍惜對方，一定可以廝守一輩子。

後來我被派去受士官訓，再度回到班哨時已是哨長。雖然站哨時間變成可以隨意選擇，我和她彼此間的聊天時間反而越來越短，經常幾句例行的問候就是全部的內容，彷彿只是種例行的工作。

再繼續往前，一步步慢慢走。遇到稍長的雜草，就小心撥動草叢，希望能打草驚蛇。以前即便這裡住了十五個人，偶爾還是會有蛇來拜訪，班哨的那些兵不但不怕，反而像是看見小寵物般興奮地抓來把玩、折磨，末了還順便煮鍋湯。好幾個人只有國中、甚至是國小畢業，雖然書沒讀好，倒是都有一身技藝；當有水電、木工，或有工事要構築時，找他們準沒錯。自己除了多讀幾年書，真的不知道哪裡比他們強啊。

他們大多不拘小節、天不怕地不怕。執勤時老是搞花樣，喝酒、摸魚、玩遊戲整新兵，就是不照規矩來。其中某幾個全身刺龍刺鳳，自稱是道上大有來頭的人物。我不知道、也不想探究真實性，反正大家同在一條船上，一樣沒自由，一樣的數饅頭混日子，誰能先離開這裡誰就是老大。

再向前走一小段，來到長滿雜草的集合場。

菜鳥時，自由活動時間常在這裡被老兵訓話、操體能。如果沒經歷過這些，我還真的沒想過我伏地挺身可以做到三百下。這些都像是種儀式，每個人都避不了，不同的只是面對的態度。有人受不了在執勤時舉槍自殺；也有人裝瘋賣傻成功免除兵役。

我沒那麼笨、也沒那麼厲害，只會和一般人一樣的忍耐。當時支持我能忍受這種種不合理的最大原因就是她。因為可以隨時想著她，想著我們之間的甜蜜情事、想著我們的未來、想著她的一顰一笑。好像只要隨時從我的記憶中提取出這些，我馬上就充滿無堅不摧的力量，足以面對一切挑戰，支持我度過這段沒有尊嚴與自由、人生最卑下的一段慘澹時光。

走向集合場盡頭，來到廚房。這地方如今布滿蜘蛛網，對外的那扇窗過去常有老鼠進進出出，打軍糧的主意。如今這般荒涼景象，恐怕連牠們都不屑光顧。這狹小的場所是我學會料理的地方。當兵前連顆蛋也不會煎，卻要在進到班哨一個月內煮給十幾個人吃。如果煮不好，還有老兵索性摔盤子發飆，然後去煮他美味的泡麵。在這種壓力下，我卻越煮越上癮，這個狹小昏暗的地方變成我的快樂天地。因為在做飯的那一段時間，我擁有屬於自己的自由。無邊無際。

雖然有這些好的回憶，我卻突然感到一絲隱隱的難過。就在同一個地點，其實也充滿傷心的記憶。退伍前幾個月，她說我們不適合，還是做朋友就好。我震驚、慌張、無法接受，試圖挽回，但一顆已經改變的心要如何挽回呢？我當時不明白這個道理，也不明白自以為的完美戀情為何會如此就無法繼續。

那幾個月只要難過時，我就躲到這個可以避開眾人的小天地宣洩情緒。

生活還是和過去一樣——站哨、沙灘步巡一整夜、睡覺睡到中午、中午邊吃飯邊看布袋戲、照表操課、晚上邊吃飯邊和大夥兒一起看灌籃高手、再去站哨或到沙灘上步巡……日復一日。不過我知道，心中某個角落早已成了如此刻這班哨一般的廢墟——荒蕪、死寂、失去生氣。

漸漸地，我對愛情的看法有了一百八十度的大轉變。從過去的信仰愛情、追求所謂的真愛，到完全否定男女間的情愛。基本上，這一切只不過是荷爾蒙作祟下的結果。每次我只要看到戲劇或廣告中那些浪漫的橋段，就覺得很可笑。人們真是傻的可以，在傳宗接代的演化機制下硬是有辦法創造出這些虛假的謊言。所有愛或不愛的理由全都是可笑的，因為那是事後編出來愚弄自己及對方的。真相就是荷爾蒙加上機率，就是這麼簡單。

天色整個都亮了起來。看看手中的陳年舊錶，已經快七點，該離開了。

從班哨後方沿著防風林走向過去步巡的沙灘，清晨海邊冷颼颼的，只有幾名釣客相伴。聽著海浪聲、聞著海風吹來的鹹味，緩緩走在沙灘上。走著走著，不知道為什麼，她當年的影像緩緩浮現，許多我們之間的回憶也跟著浮顯。

那次，在士林夜市的攤販，她幫我挑了一支冷光錶，讓我在黑暗的沙灘中可以清楚的看時間。雖然錶帶已經換過一次又一次，但這支兩百元的錶到現在都沒壞。就是我手上這一支。我常對別人說勤儉是美德，但好幾次其實我都想換錶，卻總是遲遲沒有行動。

走在過往步巡的沙灘上，許多回憶越來越鮮明，心中竟隱隱作痛。我以為這件事情早就是過去式，不會再激起任何心中的漣漪。我真的這麼以為。

看看手上的錶，或許，她始終還住在我心裡那個已成廢墟的角落。連我自己都沒有察覺。

曼德魯巴克

文不思泉不湧，唯有鼻涕滔滔不絕。

# 廢墟圖書館

櫃檯旁邊五台推車，不鏽鋼三層式，每一車每一層都擠得滿滿的，絲毫沒有空隙，有的橫躺在其他書的頭上，似乎在發出哀號……

[ 正 ] [ 反 ]

廢墟／fish／海／藍／顏色
太陽／火／傘／白蛇傳／雷峰塔
西湖／觀光客／擱
淺／賺錢／工作
無聊／規定很多／
遵守／犯規／足球
踢／用力／生小孩
／包尿布／大便
臭／垃圾／資源回收／
星期二／猴子肚子餓
吃泡麵／木乃伊／死亡／無／空
虛／補／中藥／迪化街／人很多
擠／小心皮包／扒手
／動作敏捷／有訓練
努力／成功／失敗／徹底／投降
人生／問號／尋找
答案／旅程／驚喜
意外／事故／傷亡／醫院／護士
珮文／貓嬰／客觀作業
／笑／竹君／圖書館／i

西東／西東理整／墟廢
我／人達納收／丟亂
錢多很／宜便／貴珍／要人沒／女美
亮月／天白／暗黑／明通火燈／省節
風通／蓋掩／裸赤／被棉／剛陽
陸大／立獨／黏／爽舒／濕潮
際實切不／重穩／浮漂
構虛／明證論理以可／
私走法非／騙欺／話心真／言謊／相真
放開／止禁／往來由自／國鎖／易貿當正
路走／翔飛／籠牢／由自／制限
曲蜷／趴／下躺／立站／下坐
步進／化退／長成／小縮／展伸
好站正立／動轉／止停／升提／降下
派反／士人派正／教邪／統正／歪
忠效／叛背／友朋／人敵／角主
鬧吵／靜寧／動暴／平和／變政
胖肥／動運／止靜／動振／聲無
小／大／窄／寬／瘦
狠子肚／飽吃沒／量力
家國進先／骨包皮／撐

## 故事開始於一間圖書館……

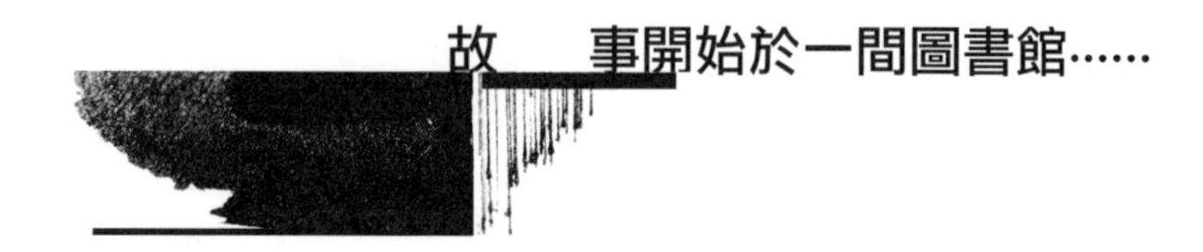

### 圖書館

在有條不紊，所有事物都能整齊歸類，不允許雜亂的世界裡，有一間專門收集廢墟資料的圖書館，裡面還有虛擬廢墟體驗室，年輕人很愛去。但是圖書館裡面的某個角落從不開放。一個小孩終於成功闖入其中，發現裡面藏了一座真正的廢墟。

### 規定很多

某個偶像團體的主唱被發現陳屍於廢棄的軍營。警探想找出真相，但礙於國防部的種種規定，無法蒐集證據。接著發生一連串事件，讓他懷疑軍中高層在背後操刀。

### 生小孩

戰爭使得村裡唯一的醫院被炸得粉碎。敵人逼近，傳言進村後將展開大屠殺。孕婦們在廢墟醫院裡，不知該生，還是不該生。

### 木乃伊

外拍團找了一個辣妹到廢棄的工業區拍照，攝影師回家修圖時發現每一張照片背後都站了一個木乃伊，不久之後離奇死亡。辣妹回到現場，發現這地方不為人知的祕密。

## 觀　光客

著名的海邊觀光廢墟發生觀光客連續失蹤事件。警探展開調查，發現這個廢墟似乎有某種魔力，會讓觀光客脫隊，逗留在廢墟附近成為流浪漢，不想回家。

## 擠

廢墟 A 有一天發覺他附近好多好多廢墟，非常擁擠。他搬到空曠的海邊，卻沒想到人潮湧入，其他廢墟也陸續跑來，讓他覺得更擠。

## 海

因為人們往海裡亂丟垃圾，海底出現了充滿塑膠的廢墟。海底生物為了適應環境，開始吃紅白塑膠袋跟塑膠便當盒，經過好幾個世紀的演化，他們在海底稱霸，威脅陸上的生物。

## 大：小

大廢墟跟小廢墟說：喂，我的空間比你大，來玩的人也比你多很多。小廢墟跟大廢墟說：那又怎樣，我的雜亂密度比你高很多耶。

櫃檯旁邊五台推車，不鏽鋼三層式，每一車每一層都擠得滿滿的，絲毫沒有空隙，有的橫躺在其他書的頭上，似乎在發出哀號，說他們想要離開這個擁擠的地方，想要回家。

又是一個生意興隆的假日早晨，所有好市民都出來乖乖還書了。櫃檯的張大姐看到我回來，趕快站起來把我手邊的空車搶過去，換一台滿滿的推給我，說，年輕人，再多跑幾趟吧。她身旁還有一台也是滿到差不多五分之四，左右兩邊大姐的推車也快要滿出來，我的全身上下所有關節都想哀號了。如果可以拿一把火燒掉整棟圖書館該有多好，什麼事都不用做，只要從熊熊烈火中驕傲地走出來，頭也不回向前走。

「記得，看到小威要把他揪回來。」

張大姐把我拉回現實。她坐回轉椅，面對下一個耶誕老公公般拎著大袋子的讀者，拿起讀取器就像是她的武器一般，很有規律的製造短嗶聲掃描條碼，處理一本又一本的書。那些書被她嗶了之後就會被塞進推車上，推到書架，被擺回正確的位置。上架的時候不能擺錯，錯了大家就會找不到。這就是我的工作，神聖高尚的工作。除了讀者按時或逾期還來的書要擺回書架之外，小朋友拿在手上亂甩的書要高明地搶過來擺回書架，大朋友有心無心隨處亂擱的書也要隨時回收擺回書架。這圖書館的萬卷書沒了我就回不了溫暖的家，只能在荒郊野外忍受風寒頻頻顫抖然後感冒流鼻水。

閱覽區有著挑高的天井，面海的玻璃窗，以及淡木頭色的桌椅，整個空間不會太凝重。咖啡色的地毯吸收推車輪子發出的聲音，有時候我覺得人生中某些東西也跟著被吸走。來這裡的讀者聽說有些是當代著名的廢墟學者。他們非常專心，個個都在皺眉思索，完全忽視窗外海浪的熱情拍打邀約，埋頭沉浸在書中的世界。換作是我絕對不行。要不是我身負重任，必須讓所有書籍回到正確的書架上，不然我一定會衝下去，在那片鵝黃色的人工沙灘上盡情大喊奔跑翻跟斗，然後一頭倒栽在沙子裡面。

我爸生前也是個廢墟學者，寫過很多論文，出過書，好像也有小說。他死了以後，老媽馬上就去清理他的書房，把所有藏書送給圖書館。不過他們只挑廢墟相關的書，其他一般性書籍就還給我們，要我們捐給其他普通的圖書館。

不論是從人文、社會、建築、產業的觀點，研究廢墟也就是研究人類發展的歷史，同時可以探討未來的發展。老爸曾希望我也跟他一樣研究廢墟，可是我從來都不懂人類為什麼需要研究廢掉的東西，也很驚訝竟然有一間圖書館可以收藏這麼多廢墟的書；這裡光是書架就依建築物的種類從A編到Y，每個羅馬字後又根據年代編了好幾百個數字不等，述說廢墟成為廢墟之前的歷史（本來是蓋來做什麼用的），廢墟成為廢墟的歷程（是什麼理由被拋棄的），廢墟成為廢墟之後又發生了什麼樣的事情（以後還會有什麼樣的發展）。最誇張的就是Z開頭的，所有主題太複雜無從分類的都在這裡了，隨便哪個書架都擠滿了好幾百本的書，而且不斷擴張版圖。

記得小時後跟著老爸來過一次，那時候的圖書館是個很舊很廢的四四方方灰色建築物，沒什麼窗戶，書架之間通道很窄，霉味很重，走廊是無盡的灰暗，人在裡面不能跑也不能大聲說話，不然隨時都會坍塌，一群人就要像災難片那樣四處逃竄然後被壓死。後來幫老媽搬書的時候，我才知道當時那棟圖書館一度荒廢，後來改建成一棟很有設計感的圓柱形建築物，五層樓，以穩重而健康的姿態重生，從落地窗還看得見遠方海水閃閃發光，防風林的樹葉搖曳，讓人覺得世界是美好的。那時候出來接應我們的兩個中年男子，年輕的穿黑西裝打燻鮭魚色的領帶，比較老的穿白色襯衫沒領帶，臉上掛著霧茫茫的眼鏡。鮭魚西裝隨口問我在哪高就，我也隨口回答沒工作；出乎意料的是他隨即打了一通電話給天知道是什麼地方，以幾近數百年前搶救趙氏遺孤那戲碼般的熱情講了一陣子的話，講完之後鄭重向我媽宣布我有了一份工作，第二天就可以來報到，旁邊這位劉主任將會好好照顧我。老媽要我趕快謝謝兩位，而我也照做了。古代那些陪葬品大概就是這種感覺。世界真是美好。

駛入書架區的時候肚子開始叫餓。這時候在書架間走來走去是最容易引起暈眩的，尤其是我們偉大的 Z 區。《廢墟之塔》《廢墟神話大系》《奔跑吧廢墟及其他四篇》《往廢墟的方向》《移動與廢棄之間》《嗤笑廢墟》《廢墟的經濟奇蹟》他們總有辦法讓人覺得書架是個不斷延伸的有機體，架上的廢墟也會跟著一路追過來，就像晚上一邊走一邊看月亮那樣，甩也甩不開。就算好不容易走到盡頭，還是極有可能一個不小心就晃進另一排書架，開啟同樣走不出去的暈眩大門。可是又不想往回走，往回走好像就代表輸給了這些書架，所以只好硬著頭皮一直往前。《廢墟昆蟲學》《不可錯過的十大廢墟景點》《廢墟常見垃圾》《燃燒的廢墟地圖》《關於棄置的形上學論述》《廢墟生存手冊實用版》《源氏物語中的女人與廢屋典型》《我在廢墟大海呼喊》《廢人五衰》《外星人的廢墟，地球人的陰謀》《廢墟塗鴉史》《廢城舊事》《作為觀光資源的廢墟》《廢墟與河流》《生命中不可承受的廢墟》《光頭偽君子的廢墟合併》《我們討論的那些廢墟》《如果你能在三秒內廢去》《廢墟警察》《鎮上最美麗的廢墟》《廢墟不見了》《廢墟看守人的焦慮》……如果能夠放火燒掉他們，我是不是就不用這麼暈了？

轉進隔壁書架，編號 H20 與 H21 之間。這邊擺的是各地方的廢屋傳說叢書，書背是一樣的顏色與字體，稍微比較整齊，稍微比較不會暈。

「人類住過的房屋在變成廢墟之後，仍然有他們自己的個性。」我聽到熟悉的聲音，往那方向轉頭，從書跟書架之間的縫隙瞄到小威。小威跟我做一樣的工作，算是我的前輩，不過工作效率不高，不是在跟人搭訕就是在找他自己的書，要不然就是根本就不見人影。他正在跟兩個淺藍色制服的女孩講話，像個老師，一邊講一邊很陶醉。

「妳們深呼吸就知道了。」看來小威正在推薦他最愛的那一套廢屋叢書系列。我待在這一頭繼續觀察。他維持滔滔不絕帶來的高亢，描述每一家人的情感複雜混合，投射在房子裡的一磚一瓦，日積月累後濃濃附著，就算人走沒落荒廢之後仍然殘留，其濃度之高，在轉為書籍之後，仍然可以從紙間散發出來，想要把你帶回那個年代似的。尤其是那個年代大量興起的大型集合住宅，住戶多，人口密集，而且人們在家裡面的時間都很久，相處時間長，混出來的氣味簡直難以形容。

「說到人多的地方，當然還有學校、醫院、火車站。這些地方，當然也都很有個性，可是學校會有乳臭味，醫院又是消毒味太重，火車站就只有尿味，因為大家來來去去不會停留。所以我的結論就是，沒有一個地方可以比得上那個年代的房子。」那兩個女孩低著頭咯咯對笑。其中一個戴眼鏡的跟小威點個頭，拉著另外一個轉身走開。他的肩膀掉下去，一看就很落寞。

對一般人來說，建築物就是建築物，不會有什麼味道；小威不肯接受世間常識，老是在推廣有的沒的陰謀論。之前我還目擊過他跟人介紹一本書，詭異的芥末色封面，他說，

「你知道嗎，由於我們製造的塑膠垃圾太多，以後沒地方丟，就會堆到海裡，堆了太多太多，釋放出一種物質讓海裡的生物具備高度智慧，爬上陸地侵略人類的土地。整個過程實在是太精采了，妳一定要看。」

那時候的制服女學生當他是空氣那樣掉頭走開。所以這兩個女孩還算是很有教養與禮貌的。

我忍不住泛起幸災樂禍的微笑，在書架這一頭裝個咳嗽咳不停的人，故意咳得很大聲。他轉身，從書跟書架間的縫隙中看到我。

「你怎麼會突然冒出來？」

「我在認真執勤。」我指指推車。「你趕快回去啦，張大姐在點你了。」

「我很忙。」

「騙誰。」

「真的真的，我今天要徹底搜查 A80 那一帶的架子。直覺告訴我我親愛的書應該就在那邊，苦苦等著我去解救他。」

「你每次都這樣講，每次都把工作推給我，一點都沒有前輩該有的樣子。」

「你這個變態只會幫你爸的學生找書，從來都不幫我，一點都沒有後輩該有的樣子。」

我的確為我們親愛的市民提供方便的找書服務。只是這項服務屬於私人義工性質，非常低調，僅限於我心甘情願的對象。關小姐是其中之一。

她是我爸以前教過的學生。根據我的觀察與推算，她今年應該三十好幾了，頭髮長長飄飄的，手上沒有戒指。不過那也不代表什麼。

她來圖書館的時候，總是站在我爸藏書最密集的 Z33 號書架前面，拿一本下來，翻頁，撫摸，閉上眼睛。換一本，又是一樣的儀式。我會站在離她稍稍有一點距離但不至於太遠的安全地帶，看她全神貫注在書中的姿態。這時候她的側臉會散發出一種氣息，從那氣息中我可以感受到她在吸收我爸也吸收過的文字，並轉化成其他某種東西；那是我自己無法親自體驗的過程，可是我仍然可以感動得要命，呆在原地站上半個小時，然後在有人經過的時候迅速回神，裝出一副整理書架好忙好忙的模樣。小威說我是變態。我也不知道。可能是吧。

有一次我鼓起了勇氣出現在她身旁，說，我知道葉教授還有很多書在其他書架，如果需要的話，告訴我你要哪本書，我可以幫你拿過來。

老爸生前很少照相，每年只會在畢業典禮的時候跟畢業生一起拍照。有一年團體照拍到他的手放在她的肩上，兩顆燦爛微笑的人頭靠得相當接近。

她說好，謝謝你幫忙。從此以後我就會不時拿著她開的書單，站在某個書架前面，抬頭，嘴巴微張，尋找她要的書。她的字體工整，依她的心情有時候五六本書，有時候兩三本。她的書單上還會有茉莉花香，我都收藏在置物櫃裡面，每一次打開櫃子，深呼吸，就可以聞到淡淡的清新香味。

我們的書開始變少。就連那傲視全球不斷繁殖的 Z 開頭書架也漸漸失去威力，出現空洞，像是打開嘴巴驚覺牙齒已經蛀掉一大半。有時候我在上架的時候，會被人問起書籍的去向。他們說查詢系統明明顯示書在館內，卻怎麼樣都找不到。幸運的話，他們要的書正好就在小威或我的推車上，又或者是幾分鐘前才剛擺回架上。可是這種命運般的邂逅不常發生。

我爸的藏書也開始減少。找不到書的時候也只能跟關小姐說被人借走了。喔，那，你再幫我找另一本好了。她說出另一本書的名字，我就會乖乖走到某個書架前面，抬頭，從書架左邊掃描到右邊，下一排，從右到左，再下一排，從左到右，過頭，回來，有了，《我的名字叫廢》，賓果。

聽說關小姐畢業後本來要出國留學的，入學許可也拿到了，後來沒有去成。拿書給她的時候，我很想問問看為什麼，可是她一拿到書就馬上進入那世界，長髮從耳後垂下來形成簾幕。

回到櫃檯的時候我看到鮭魚帶了一些人出現在大廳入口處，比來比去。還有劉主任，拿著布尺，隨著鮭魚的手勢量東量西。聽說劉主任相當資深，在圖書館改建之前即已任職。「令尊的藏書真是豐富而美好。」他看到我總是要誇讚一番，說什麼要不是我爸的藏書加入，這間圖書館的收藏其實是停留在表面的層次，非常單薄。而且什麼老爸對書的品味非常好，他的書，不論是字與字之間的距離，字體大小，甚至是字的濃度，都比現在的書要美好許多。每次碰到他我都覺得自己全身上下散發一大堆問號，卻又耐心接受他莫名的讚揚。

「上面決定要強化防盜系統。」張大姐說。「還要加裝置物櫃。以後，大包包都不能帶進來，我也不用擔心哪一天碰到有人冒充還書，結果從包包裡面掏槍出來搶我。」

圖書館應該是沒什麼好搶的，不過我沒說出來。

「我告訴你，書不是不見了，他們都進了書庫。」小威說。

我跟他各自推著一部推車，走在書架間。他終於肯工作了，真是難得。

書庫在三樓，聽說擺著貴重的書，稀奇古怪的書，世界上只剩那麼一本的書，快要爛掉必須用高價儀器好好呵護的書，等等有的沒的，只有少數人才能進去，例如我們的劉主任。書庫的門長得跟銀行金庫的門一樣，銀色的，正中央有個銀色的轉盤，等待搶匪用盡各種手段入侵，走出來後就是億萬富翁，天天躺在南國小島的沙灘上喝雞尾酒曬太陽。

有一次我不小心走到三樓，才剛踏進那個樓層的空間半步而已，就有一個高大的警衛先生從電話亭般的小隔間走出來，關心我的動向。我馬上往後退，臉上還掛著傻笑，一路退回樓梯。

小威認為進了書庫的書，從來都不會再回到開放書架上。所以他期待我擺出「天哪不會吧！進書庫耶！」的驚訝表情。可是我沒有。就是因為要保護，所以才要放書庫，不讓閒雜人等亂摸亂擺，這是理所當然的。

「你實在是太好騙了。我告訴你，事情並沒有這麼單純，」他看看周圍，壓低了聲音，「他們不想讓我們看的書，就會進書庫。」

「你為什麼要把每件事情想那麼複雜？」我真的很沒耐心。「而且他們是誰？」

「當然是地下政府。」

又來了，地下政府，所有黑暗的來源，他們在某個五角型建築物的地下悄悄建造了巨大的資料庫，把全世界所有人類的一舉一動記錄的一清二楚，只要有人威脅全球安全就連同九族馬上帶走，只能說是吃飽沒事無聊至極的單位。

「我的書也可能在書庫裡面。」

他的書，只有他拿在手上看過的書，不知道是否真正存在的書。

小威小時候家裡三代同堂，快要有第四代，還莫名住了一些八竿子才打得到的遠親，天天跟人搶食物、搶玩具、搶廁所、搶電視，熱鬧極了。後來村子要蓋核能廢料投棄場，他們家堅決反對。有一天，家裡牆角莫名奇妙長出了野草，肆無忌憚地延伸，接著牆壁龜裂，天花板也出現裂痕。他們全家總動員補這個修那個，卻趕不及房屋荒廢的速度，又碰上梅雨季節，家裡到處漏水又長霉，根本住不下去，最後只好抓了貴重物品匆匆逃離。而他們家的人也散落在各個城市，不再住一起，漸漸失去聯繫。

他長大以後仔細回想，覺得很怪，明明有人住的房子，怎麼可能變成廢墟。後來他在圖書館無意間發現一本關於廢墟草的書，開始懷疑他們家當年應該就是受到廢墟草的種子的入侵才會荒廢。

問題在於當時他沒有把書名跟作者記下來就不小心放回書架，從此以後再也沒遇到這本書。所以搞到現在一直都在找。

那本書長得很不起眼但是他真的拿在手上看過，說廢墟草原本只是安安靜靜長在廢墟裡面，隨風搖擺，有些種子偶爾會飄到遠一點的地方扎根而已，並沒有特別的目的或是任務。後來美洲區某個研究機關發現這草可以加速建築物荒廢，玩了一些基因工程強化這一項功能，賣給講求效率的政府，讓他們在都市更新的時候，使用這草的種子，侵入破舊無用的建築物，等個幾天屋子荒廢了，就可以輕而易舉地拆除，大幅節省整個開發的成本。後來出現惡用的例子，譬如在居民或使用者還沒搬離建築物就灑種子之類的事件，鬧到聯合政府決定禁用，封鎖相關訊息。不過禁用之後，還是有人偷偷買賣。畢竟利益太大了，連政府也要參一腳。

他記得書上有一張照片很像是在他老家拍的，而且書上記載了如何搶救被廢墟草吞噬過的建築物，所以他一定要把那本書找出來，按照書上的方法重建老家，把全家人叫回來全部住一起。

「我記得有一次颱風來，家裡停電，我們都很高興因為不用寫作業了，全部擠在車子裡面，拿蠟燭嘰哩呱啦講鬼故事，突然有人猛敲車窗，我們快嚇死。後來發現是鄰居的小孩，我們全部衝出來追他。我忘記有沒有追到他，反正每個人都濕得一塌糊塗，被大人罵。」他家總是有上千萬個小故事，可以不停地講下去，像是前兩天才剛發生一樣。「小時候啊，家裡附近放煙火，我們在院子看，大堂哥抱一顆大西瓜來，結果掉地上裂了，我們就不切了，直接拿湯匙挖。一開始吃得還好，吃到後來開始挖果肉互相亂丟，也是被罵。」

有時候我會懷疑他到底活在哪個時空裡面。

「好吧，就算你的書真的是在書庫裡面，你要怎麼進去？」

「當然不能從正面走進去。那個警衛太盡責了，還真不知道哪裡找來這麼想不開的。」

這我同意。

「上禮拜我發現停車場角落有一片雜草區，我們的劉主任幾乎每天都會走進去，消失一陣子才會出來，相當可疑。」小威鬼鬼祟祟地拿出了一本長形的紅色小筆記本，一邊翻一邊唸。「上星期一，3 點 07 分進去，4 點 15 分出來。星期二跟星期三，4 點整進，5 點 03 分出。星期四，3 點 25 分進，4 點半出來。星期五就沒進去了，可能是週末的關係。」

原來他上班時間都在跟監，難怪都看不到他。

「我猜，那附近藏了一道門，可以通到書庫。」

他決定下班後進一步偵察地形，要我跟著去。

不知道是沒人整理還是怎麼樣，圖書館外牆與停車場圍牆之間的確是被無數的綠色植物占領了。這些葉子有寬有大有細有長，有星星狀的，鋸齒狀的，有的爬在地面，有的纏繞在別的樹枝上，有的長得比人還高，有的開出黃色的白色的小花，有的長出紫色小圓果。如果我是毛毛蟲，我一定要搬來這裡住，而且也不用變成什麼蝴蝶了，我寧願一輩子爬行在這綠色天堂之中。

小威拿出了一包仙女棒，交給我，要我裝出玩得不亦樂乎的樣子，好好把風。他自己則是拿了手電筒，踏進了蓬勃的雜草森林中。草葉們發出欷欷簌簌抗議的聲音，然後越來越小聲，接著靜止。我在向上移動的火光中，想像他攀在牆面仔細找門的模樣，像是拿著放大鏡眼珠也跟著被放大的偵探，不放過任何蛛絲馬跡。

換了好幾根仙女棒後，忽然傳來了欷簌聲。他走出來，興奮地說，我找到了。

這時我瞥到一個人影正在走向我們。我們趕快離開雜草區，點起另外一根甩來甩去。

「你們在幹嘛？」

火光照出關小姐的臉。我鬆了一口氣。

「我們在玩仙女棒。」

「給我一根吧。」

小威點了一根，畢恭畢敬遞給她。她說聲謝謝，坐下來，靜靜看著火花。我們也坐下。沒有人說話，只有火光滋滋作響。她看來是沉浸在遙遠的回憶中。我想起了那張照片，她跟我老爸，兩顆頭很燦爛的那一張。不知道她跟老爸之間到底有過什麼樣的曾經，讓她這樣天天找他的書，天天讀。會不會，她比我還要更理解他？她才是離他最近的那一個人？想到這裡我告訴自己不要再想下去了，站起來甩動仙女棒，在黑暗中胡亂寫字。那些字還來不及成形，就散進了黑夜裡面。

不知何時，小威跟關小姐手上都有一罐啤酒。他們像是海邊常見到的，緬懷夏天即將過去的年輕人。而且他們還聊開了。

「你是說，真的有廢墟草這東西？」

「對啊。有人翻出了聯合政府的祕密檔案，寫成一本書。」

「我一直以為那是虛構的植物。」關小姐說。

小威開始講他的陰謀論。語調跟平常一樣亢奮，不過我覺得他醉了。講完以後他看著我，打了個嗝，加了一句。「你老爸的書裡面，也有講到廢墟草。」

這我倒是第一次聽說。

「那本很出名耶，講一個人躲在破舊的圖書館地下，偷種廢墟草，還寫一大堆情書，都是從書裡面抄來的，可是都沒有寄出去，然後到最後，不小心把整間圖書館搞廢掉了。你沒看過，你到底還是不是他小孩？」

「你說的是《廢墟圖書館》嗎？」關小姐的語氣變了。「……

所有書籍，所有思想，所有知識不管有用或無用，全都不見，全都成為廢墟草用來茁壯自身的養分。」我沒聽懂她在說什麼，只見小威讚嘆的說，「你都背起來了。」

「那是葉教授在我們畢業後第二年出的書。他以前送我一本，後來，我就還他了。」

她仰望夜空，而我凝視著她。忽然，她轉頭問小威，「你剛剛還說誰？他爸？」

「對啊他爸，」小威又打了個嗝。「你不知道嗎，這圖書館裡面一堆書，以前都擺在他家書房。」

關小姐盯著我。我們手上的仙女棒正好一根接一根燒完。少了火光，少了滋滋聲響，我覺得我們好像被關在一個密閉容器中，漸漸用掉所有氧氣。

「謝謝你們，我要回去了。」她起身。在我想到要有所反應之前，她就已經走得遠遠的，頭也不回。

「我說了什麼嗎？」小威根本沒醒。我踢著地上被捏扁的啤酒罐。燒完的仙女棒散落一地。沒了火光，他們是如此無力且單薄的東西。

第二天開始我就沒再見到關小姐。這感覺很糟，完全沒有解釋任何事情的機會，就這樣跟人斷訊，而且毫無預警，事前一點都沒有心理準備。

但是，就算我能再見到她，我到底想要跟她解釋什麼，我自己也不知道。她給的書單還在櫃子裡，我每天都會拿起來看一看，然後又無奈的擺回去。

我在書架之間推著車，腹腔內不斷翻滾。小威決定要從他的祕密門口走進書庫探一探，但是過了兩個鐘頭，都沒有出來。我打了好幾通電話，也都沒有回應。我開始擔心小威會不會困在裡面出不來，結果把書放錯位置，把《廢棄廠房寫真集之濁水溪以北》擺在《廢墟的思考》與《廢哲學》中間，把《群花盛開的廢墟》跟《櫻花滿開的廢墟》弄混，然後聽到一個大眼鏡的小學生跟旁邊的大人告狀，說，老師，那個人都亂擺書耶。

突然警鈴大響。我嚇壞了，馬上奔回櫃台。

「你的車呢？」

張大姐問起，我才發現把推車忘在書架那邊。

「我聽到警鈴響。發生什麼事了嗎？」

她指大廳入口的方向。兩個警衛先生夾著一個人正要上樓。「那個人好像把書偷拿出去。」

張大姐說的那個人是關小姐。她的手上還有一本書，白色的書封，標題是橘色粗體正楷，寫著《廢墟圖書館》。

我馬上尾隨他們上樓，進了五樓的辦公室。在秘書小姐想要擋我之前，我已經迅速溜了進去。

辦公室裡面除了那兩個警衛跟賜給我這份工作的鮭魚之外，還有兩三個西裝人士，在胸前交叉手臂，圍著關小姐。沒有人說話。

「不好意思，請容我解釋。」

他們全部轉向我。

「其實，我們當時把父親的書全部捐出來，是想要貢獻整個人類的研究，不要為兒女小私情牽拖，影響整個人類的發展，但是，過不久後，母親與我，都開始感到一絲絲的寂寞，畢竟，他對我們來說是無可取代的，我們越想忘記他，懷念之情更是加重，但是一旦捐出了書，駟馬難追，所以我們才不得已，選了一本代表性的書，然後跟這位關小姐商量，請她幫我們帶出來，這樣，我們就可以好好懷念他。」

講完了這一大堆狗屁，我把眼神壓低。我不敢看他們的表情。他們說不定會馬上看穿。

有人輕輕地拍了我的肩膀。是鮭魚。

「孩子，這種事情，跟我們商量就好了。圖書館不是那麼冷血無情的地方，只要跟我們講一聲，你要帶幾本回去，我們都不會在意。對吧各位。」然後他看看其他人，其他人連忙點頭，顯示這根本就不是什麼大事，難不倒他們。

「還好你來跟我們說明，不然我們差一點就要責怪無辜的人了。」鮭魚露出笑容，顯示他無比的善意。

「這事情跟他沒有關係。」關小姐突然站起來。所有人都轉頭看她。

在她的良心徹底粉碎我的謊言之前，我必須逃離現場。我鑽進鮭魚與西裝之間的隙縫，伸手拉了關小姐馬上轉身，發揮我前所未有的運球技術直直衝出辦公室，跑下樓梯。經過三樓的時候我突然發現書庫的銀色大門竟然是半開的，而且警衛也不在。我終於停下來，順便喘氣。

「你為什麼要幫我？」她問。

「不為什麼。」我沒有看她。「你快走吧，我有事，要進去一下。」

「你不問我為什麼要拿那本書嗎？」

「你想講你就會講了，不是嗎？」我沒好氣，轉身走進書庫。一邊走我一邊想，我從來都沒有這樣背對過她。

在小威的想像中，打開了銀色大門，裡面會是銀色的空間：銀色的牆壁、銀色的天花板、銀色的圓桌，一整個科幻電影般的氣氛，配上兩三個穿著白袍從頭罩到腳只露出充血雙眼的研究人員在走動，手中拿著鮮綠色的廢墟草被他逮個正著。牆邊的銀色書架上擺的全都是失蹤書籍，而他在找的那本書，會靜靜躺在某個桌上的玻璃盒內，他一看就知道。他會衝過去，激動地把書緊緊擁在懷裡，永不分離。我那時候嘲笑他電視看太多，他則是譏諷我一點想像力都沒有，無聊透頂。

現在我站在一個昏暗的空間，沒有開燈，窗簾全被拉上，只有幾束光線從縫隙中鑽進來。我想找燈的開關，往前踏了一步，發現腳邊踩起來感覺不太一樣。這時我才注意到地上都是紙，而且，放眼望去滿滿一整間都是。紙上都有字。我蹲下來，透過微光確認這些紙張都是書頁，不知什麼緣由被撕下來，積在這裡，堆得很厚很厚。就連牆上也都貼滿了，一路貼到天花板。光束照出灰塵粒子在文字空間裡面緩緩蜉蝣的樣子。

周圍亮了起來，又暗下去。是關小姐走進來。眼前的狀況似乎沒有讓她感到奇異，她把腳撥進書頁當中，開始像破冰船那樣慢慢行走。觀察一陣子後，我也決定跟上。雖然我努力不要踩到書頁，但是他們覆蓋了整個地面，不踩都難，而且這樣的走法很累，沒走幾步我就放棄了，直接踩上去。紙張發出落葉般的沙沙聲。我覺得每一步每一腳踩到的字，多到足以聯合起來詛咒我下輩子不得好過。

她只是一直走，什麼話都沒有說。我不知道她要走多久，要走到哪裡去。直到有一團黑塊像是浮出水面的水怪般在我們十點鐘方向的角落起身，她才停下來。

那水怪伸伸懶腰，打了個大哈欠，戴上了眼鏡，忽然停止了動作。

「你們怎麼會在這裡？」

那是劉主任的聲音。

「你們不應該進來的，趕快出去。」我們只是站在原地，一動也不動。

「快走啊。」他不耐煩地大喊。

「這裡怎麼會弄成這樣？」我問他。「這都是圖書館的書嗎？這都是你撕下來的嗎？」

「不關你的事。你趕快出去。」

「你怎麼可以破壞大家的書？」

「你為什麼要問這麼多，這跟你沒有關係。」主任站起來。一些書頁從他身上緩緩飄落，著地。「你一向都不看書，也從不關心它們，你只希望它們乖乖在架上，不要增加你的工作就好。不是嗎？」

我是沒在看書沒錯，可是這不代表我對它們漠不關心。

「如果你擔心的是令尊的藏書，那就放心吧，它們都好好的。我把它們搬回舊館了。」

「什麼舊館？」

「就是改建前的那一棟，雖然很小，但是書的密度非常高，香味非常濃。我記得你也來過。那時候你還很小，還在念小學，牽著令尊的手，把眼睛睜得大大的，東張西望。反而，長大之後，你卻不願意去看這個世界了。可惜。真的可惜。」

小時候睜大眼睛的目的應該是為了觀察書架動靜，這樣才能在第一時間逃離書架倒下來壓死人的血淋淋現場。不過我沒糾正他，反而想起了小威，並因他們的理論相似而感到訝異。

「舊館在哪裡？帶我去。」關小姐突然出聲，聲音中透露出無比的期待。

劉主任仔細打量她。「告訴我，你為什麼想去舊館？」

「因為，那個時代比較美好。那時候我們都還沒有廢掉。」

主任似乎很滿意這個回答，頻頻點頭。她說的我們是誰？廢掉的是什麼？這些跟舊館又有什麼關係？我用力看著她，希望她可以給我答案，但是她沒有注意到我懇求的眼神。

主任俐落地踩在紙上移動，走到離我們最遠的那面牆。他從牆上撕下好幾張紙，清出了一個框的樣子，一推，就出現了一個入口。從我站的地方看不清楚裡面是什麼樣子，只知道是一片漆黑。他擺出歡迎的手勢，等待著。關小姐準備要走過去，我抓住她的手腕。

「不要過去。」我說。

「為什麼。」

「不知道。我只是覺得，那邊很危險。萬一回不來怎麼辦？」

「我為什麼要回來？」她的回答如此堅定，連一絲猶豫都沒有。我覺得有個東西掉在地上碎了，一塌糊塗。

她看著我。在微弱的光線中我仍感受到她的眼光含著前所未有的溫柔，使我不知所措。

「你跟教授很像，一樣的雙眼皮，還有長睫毛，尤其是你笑的時候，眼睛瞇起來，簡直就跟他一模一樣。我卻一直沒想到你是他的孩子。我真是笨。」

她溫柔到我沒有力氣抵抗，任由她另一隻手輕鬆解開我的手。

「你知道嗎，教授以前常常提起你，說你在家裡很乖，就算他不在，你也會照顧母親，要他不要擔心。他很感動。」

她寧願選擇一個死人，用她自身去肥沃我爸的那片廢墟。就跟她當年放棄大好前程，擱淺在這地方哪裡都沒去，是一樣的道理。

我終於懂了，悲傷地懂了。

她航向那扇門，輕輕鬆鬆彷彿沒有任何阻力，頭也不回走進那片黑裡面。主任也跟著她走了進去。門被關上，最後連個門的痕跡都看不到了。

我癱坐在昏暗的紙海中，不知過了多久，突然被一片光明籠罩，瞬間閉上眼睛。

「你還好吧？」有人拍拍我的肩膀，伴隨著熟悉的聲音。

我慢慢睜開眼，發現所有窗簾都被拉開，小威站在我身旁。我想起老爸的書房。他總是關上門，拉起窗簾，不讓外面看到裡面。國小的時候有一天我溜進去，拉開了窗簾，讓房間吸收外頭的陽光。那時我剛學會摺紙飛機，翻了好多本書，找出特別好看的那幾頁撕下來，摺出好幾款不同的飛機，讓他們飛來飛去，穿梭在光線與家具陰影之間。老爸從學校回來，看到明亮的書房跟我陶醉的表情，臉色馬上僵硬，把我趕出書房，那幾天沒再跟我說一句話。那是比什麼都可怕的懲罰。從那時候起我就知道我無論做什麼都只會讓他失望。

「不好。」我看著小威搖頭。「你有沒有火柴？」

「沒有，你想幹嘛？」

「我想把這裡燒掉。」

「別這樣。」

他把我拉起來，領我到窗戶對向的牆，像是變魔法那樣推出了一個門。門內是一條細細的通道，只有一個人的肩膀寬度，空氣有點悶，看不出前面還要走多遠。不斷轉彎之後，我們終於走到通道的盡頭，奮力爬上螺旋階梯。我邊走邊數，總共有二十八階。爬至頂端，小威用力推開了鐵門;門外是耀眼的世界，毛毛蟲的綠色天堂。鑽出重重的枝枝葉葉後，我們回到停車場。前幾個星期的啤酒罐與仙女棒的殘骸還在地上。

「你們從哪裡冒出來的？」

抬頭一看，張大姐一臉狐疑看著我們。

「我們，在裡面找東西。」小威迅速反應。「你怎麼會在這裡？」

「我喔，我在丟種子。不要跟別人講喔。」她顯得很不好意思。

「什麼種子？」我們倆幾乎是同時發問。

「今天是柳丁。」

「柳丁？」

張大姐說昨天晚上的飯後水果是柳丁，所以今天種的當然就是柳丁。她開始說明她的傑作，蹲下來指旁邊這一坨草是橘子，再來是蘋果，尖端開了黃色小花的是白菜，纏來纏去的是苦瓜，毫無萌芽動靜的土色圓球是酪梨。其他還有很多茂盛的綠葉，她自己也忘記種的是什麼。反正隨便丟都會長，你們也可以拿一些種子來丟丟看，很有成就感的。她說得非常得意，我好像看到她全身發出鮮綠色的光芒，照亮這方圓三百里內所有的迷途羔羊。

我們回到圖書館，內部沒有異狀，沒有任何事情發生，只有時針走了三圈，不久之後就可以下班了。三樓書庫的銀色大門緊閉著，警衛先生以同樣敏銳的雷達發現我們，要我們沒事不要在附近逗留。

我打開置物櫃。關小姐的書單還在裡面，筆跡如舊，但是已經沒有任何香味。

「我躲在裡面找很久，才找到這張。」小威遞了一張皺巴巴的紙過來。紙上印了一張彩色照片，是典型的全家福，色調微微偏黃。畫面中好幾十個成年男女，有禿有胖有高有瘦，正正經經站在紅磚三合院前。正中央坐著白頭髮的老先生跟老太太，瞇眼微笑。小孩蹲在他們兩邊，有的皺鼻子皺眉頭，有的抱著白色的小狗，有的在推旁邊的小孩，有的雙手YA，有的不知道在幹嘛停不下來，臉晃成一團糊糊的。

「我一直以為，只要找到那本書，把老家修好，大家又可以住一起，跟以前一樣。」他的眉頭皺在一起，表情苦苦的。「其實家裡一直都有小爭執，有時候氣氛不太好，很多大人都想搬出來，可是阿公阿嬤堅持家人必須住一起，大家只好忍耐。我現在回想起來，後來那個廢料投棄場的事情，可能，給了大家一個分開的理由。」

我把照片還給他。

「說不定，世界上根本就沒有什麼廢墟草。就算沒有廢墟草，該廢掉的還是會廢掉，有沒有住一起，其實，一點關係都沒有。」

我不知道該說什麼話才能安慰他。

我們走出了圖書館。一大片彩霞在我們眼前展開，雲朵浮游在橘紅色與淡紫色的漸層之間，美得幾乎可以讓人忘記那些無奈的事情。小威拿出一本書給我。是《廢墟圖書館》。

「剛剛在書庫裡面撿到的。」他說。「應該要給你才對。」

把書接過來之後，我發現它比我想的要重一點，但是也不至於太重，剛剛好。我猜這就是關小姐本來要拿出去的那一本。內頁紙張跟平常那些光滑柔順溜溜的紙不太一樣，摸起來有纖維質細密交織的觸感。我翻到最後的章節，讀到老爸寫的其中一句話，……在一切都只會廢掉的世界裡，我們還能張開雙手觸碰，緊擁抱，就算只有一點點的時間，還能保有溫暖。即使廢墟草的種子終將加速我們的老化與衰退而引向死亡，我們還是因為有了這樣的溫暖，永遠贏過了他們。

書底的扉頁，正中央有一行紫藍色的，細細的文字，是老爸的字跡。

——願這本書代替我伴你左右，給你溫暖。

## Kali

卡里，卡在自己的人生裡。

# 今天

如果人生就是不斷的累積與劃除，而累積與劃除將積累成各種情感與傷害，那麼我想說一個關於劃除與接受的故事給你聽……

[ 正 ]

廢墟／磚瓦／挑夫／斗笠／竹子
蛇／舌頭／青苔／潮濕／陰暗
鬼／遺憾／心靈／歌謠／符號
輪椅／跳舞／喝酒／最／頭昏目眩
砸／石頭／水／河流／岸邊
釣魚／姜太公／西周／禮儀
餐桌／盤子／裝飾／花瓶／釉
陶器／陶土／土地／雜草／枯萎
死亡／葬禮／抬棺／腿／肌肉
血管／流血／凝固／果凍／甜
笑容／酒窩／凹洞／隆起／山丘
茶樹／採茶／香氣／呼吸／活著
存在／位置／擺放／靜止／默默
非禮勿言／猴子／孫
悟空／唐三藏／天竺

[ 反 ]

旦撒／命生／起早
約爽／象對往交／人好
應報／助幫／難刁
目白／故世／女處
客嫖／慾禁／精受
族婚不／妻前／庭家
所容收／宮皇／墟廢

## 今 天，他是如何從這裡誕生後進行一連串的累積與剷除？

### 符 號

這是家族墓穴，所有文字與符號的集散地垃圾場破銅爛鐵回收站文明廢墟。

### 歌 謠

南方荒廢城鎮的故事消融在牆上，點點滴滴的回憶滲進牆的靈魂，牆譜了無聲的歌謠送給旅人與大地。

### 釉

A 拾了荒屋彩釉碎片的隔天，便了無音訊。為了找回 A，父親四處探問，最後找到經驗豐富的 B 尋求援助。每日每日他們無間斷地想方設法、不停探尋。父親在 B 住處想起 A，想起那塊一起消失的釉彩紋，突然覺得 B 的家似曾相識。

### 孫 悟空

「孫悟空能跟廢墟有什麼關係？」我坐在破敗的大聖佛祖廟前苦思，裡頭給遺棄的齊天大聖暗地裡罵我是蠢豬。

## 默　默

我在屋外看著頹圮屋舍中的人們，他們默默地動作，走動、倒水、擦桌子。男人同女人說話了，距離一公尺的我卻一點聲響也聽不見。我漸漸走入屋內想聽清楚他們講什麼，在裡面我什麼也聽不見，卻慢慢給吸住，動彈不得。

## 舌　頭

何蘇村挖到了個金剛像，五公尺長的臉說有多驚人就有多驚人，不知道還藏在土裡的部分究竟多龐大。村裡的孩子最愛在祂那伸出三公尺的舌頭上溜滑梯，從嘴巴呼嚕往下滑。嚐起來滋味可好？

## 採　茶

山丘上有一個廢了的小屋，採茶的工人頭包覆著斗笠在山丘工作，累了就在這個小屋屋簷下喝茶歇息，日子久了，大家便忘了早前在小屋發生的悲劇。

## 脂　肪

瑪莉這個胖女人不發一語地走到死掉的挖墓人約瑟夫家裡面，她走了很久，抖動的身軀停不下來。

## 青　苔

城市的開發到達極限後，人類開始無法抑制地悲傷。現代科學完全無法解決這一波憂鬱，城裡的人丟下歷來訓練有素的科學，暗地詢問少數尚居住在鄉野間的不適者及老人各類可能的偏方。他們必須前往廢棄的屋子拔取生長其中的青苔作為藥引。而且是已經復活的那種廢墟，這時青苔成為廢墟的毛皮，非常難取。一定要有使廢墟愉悅地接受打擾的手藝。

## 果　凍

擺放在櫥櫃的果凍，在經年累月的等待中生出了廢墟。

## 節　奏

探險隊在島嶼上空盤旋。島上的袋鼠跳躍在廢墟上，只跳躍在廢墟上。探險隊跟隨袋鼠的跳躍在上空舞蹈，在探險隊與袋鼠和廢墟間有種不能言說的交流。

## 靜　止

聽說這個日式建築很久沒有人住了，Q 進到裡面發覺一切仍保存地相當完整，好像前一個人剛剛離開。某種氛圍一直持續，好像沒有流動一樣。時間沒有留下痕跡，Q 的手錶也是靜止的。

## 悖　論

如果廢墟意指受遺棄、不再為人使用、無人看顧的建築。廢墟被發現後，受人們激賞讚嘆後，還能稱為廢墟嗎？找到廢墟，廢墟就不是廢墟，那麼不可能找到廢墟，也永遠不能證明廢墟是否存在，廢墟只是個字詞，只存在於字詞中。

## 吃　下去

國王：「吃下去！」

廢墟：「不要逼我！」

國王：「那我叫軍隊把你打爛！」

廢墟：「不要啊！不要！我吃就是了。」廢墟張嘴讓大臣把 RC 建材放進口中。

## 渾濁：洗衣機

因為每一個動作都沒有意義，工人在不間斷的數十年勞動中，會慢慢的流失體內的活力，越是花時間工作，從眼睛散發的光輝越少。研發小組受企業要求，祕密進行一款新式機械開發，目的是改善或至少延遲工人空洞的速度，稱之為洗衣機計畫。

# 今天

Kali

如果人生就是不斷的累積與劃除，而累積與劃除將積累成各種情感與傷害，那麼我想說一個關於劃除與接受的故事給你聽。故事的主角是一個叫做今天的青年。

這個名字給我很大的困擾，他不斷干擾語句的順暢度，讓我搞不清所寫的今天哪個是人名哪個是時序，但今天已經在我腦海中成形。「一個叫做今天的主角，在每一個今天中如何面對他的今天以及過去、未來？」今天改不了名字，他已經根深蒂固地種植在故事原型中。

今天，一個老實木訥的人，整個故事結束後，還是解決不了任何問題，我現在就想告訴你，今天在故事最後回到爺爺的老舊木屋前面，看著空無一人的木屋，不知道爺爺去了哪裡，但他看見了狐狸。他釋懷了。

但是他的內心好像得到什麼答案，不過我以為那是一種宗教式的騙術，至少他自我感覺良好了。他本來是個壓抑，全心全意配合他人要求不停自我反省規範的老實人，能夠自我感覺良好對他是一大進步。有關今天性格所有所有的一切，追本溯源要從到他的出生背景和家庭，還有與野地、城市的扞格不入說起。

不要以為有「不分貴賤」這種說法，世界便真的不分貴賤地運行。出生在野地的今天，剛到城市裡時總是備受排擠欺凌，那還是處在人格養成的年紀，所以今天壓抑自卑毫無自信，總想努力配合其他人的這些特質就給養了出來。他想要和群體產生一體感，但，聰明的人該知道，這不是很容易的事情，有時候跟本不可能。偏偏今天不聰明不懂這些，他還是嘗試追尋一體感，因此長期扮演團體中的丑角。本來我也想跟大家聊聊他小時後備受欺凌的情況，不過這樣實在太長太繁瑣了。不如直接切到正題，來跟各位談談今天三十歲時的大事件吧。

三十歲生日那個晚上，今天一個人在自己的房間裡對著當紅女優阿芙蘿莉的寫真海報打手槍。大事件當然不是打手槍本身，不過打手槍的過程中有一件事頂重要。在今天快要射出來的時候，他的腦海中出現母親的臉，他想著母親的笑臉最後射了出來。我們可以私自連結到關於弗洛伊德的戀母情結說法，我想今天是有那麼一點傾向，不過在虛無飄渺的學說之外，更重要的原因乃是：今天的母親正給人關在醫院裡，因著不知名的憂鬱症受隔離。對於今天來說，母親是在城市中唯一的親人，就算他沒有戀母情結，失去心靈唯一依靠的年輕人打打手槍是很正常的事情，打著手槍想著煩惱的事情短暫地紓解壓力是現代人可憐的解壓或靜心方式。

時序跳到今天十歲生日前兩天。他老爸剛斷氣。野地生活非常辛苦，他老爸為了養今天跟他老妹（當然還有老婆），操勞過度窮死病死了。其實住在野地的人家也不一定艱苦到這種程度，但今天的媽媽一心一意想把全家都帶到城市裡面，鎮日忙著安老院的義務工作還有不斷與城市移民局書信往返，老爸只好扛起所有責任，讓老媽可以在自己的小世界裡面像快樂的小鳥一樣兀自忙碌。老爸死了，今天的媽媽不認為自己有錯，反而覺得是野地的惡劣環境逼死丈夫，更加堅定地相信拼死拼活都要把孩子弄到城裡。

今天生日那天，安老院豬腦肥腸的院長對今天的媽媽說，跟他上床就把今天全家都弄到城裡，今天老媽剛死了老公，家裏沒人能再賺錢，她抱著豁出去的決心答應了。就在肥豬院長自己都快看不見的陰莖要插進今天老媽陰道的那一刻，今天跟流著鼻水的今天妹在家裡接到城市移民局寄來的移民許可通知。我們只能說，今天媽你真是白幹一場！

悲劇不是偶然，大約是當事人的意志招喚來的為多。雖然今天的媽媽死了老公，又給人白幹一次，不過母子三人終於拿到可以前往城市幸福快樂生活的通知。這種幸福真的存在嗎？難道幸福的背後還有更大的困境嗎？今天的老媽，我們姑且叫她明天吧。明天不管處在怎樣的情境當中，心中總是潛藏著災難即將到來的恐懼想像，災難在想像與期待中總是絲毫不教人失望地到來。所以在城市，明天沒有多久幸福快樂的日子可過，某天的某刻，寶貝女兒，也就是今天妹妹竟然翹辮子了。

「我就知道，我就知道幸福是不會長久的。我做了那麼多努力，我做了那麼多犧牲，我得到幸福了嗎？沒有，這一切實在太荒謬了。憑甚麼？老天爺為甚麼那麼不公平？你要逼死我嗎？我還有什麼？我到底還有什麼？我不要努力了，就讓我這樣死掉吧！」明天在心中不斷地哀號，甚至忘記自己還有個兒子活著。她想念丈夫、女兒，即使他們活著時她經常疏於照顧他們，但自從他們死了，她腦海中不斷出現這兩人與她幸福快樂生活的幻想。今天妹妹死後一個月，機構的人帶走狼狽無神的明天，並安排在角落縮成一團的今天回去野地。這是明天第一次的瘋狂，雖然我們可以說她原本就是趨近瘋狂的人，但這一次她徹徹底底讓所有人知道她是瘋狂的。

正常來說，城市人是死都不搭乘野地公車的。只有受命到野地工作的人跟被逐出城市的人才會搭上公車。一般來說，只有寥寥可數的人會從野地搭乘公車到城市，那些人就像明天一樣，費盡千辛萬苦得到入住城市的許可，他們是唯一一群進入城市的人，不過也是最有可能被逐出城市的一群人。但是只要有可能，大家都是賴死賴活地在城裡活命。一個人，一生中搭到一次野地公車就算是了不起了，如果搭過兩次，旁人聽見大概會嚇到跳起來。如果搭過三次，除了嚇到跳起來，搞不好以為你瘋了。這個故事裡面今天沒有瘋，最瘋的是今天的媽媽明天，而且瘋了兩次。超級瘋狂。難道明天是受苦最多的人嗎？或者明天是過分期待而導致瘋狂？難道今天受的苦不比明天多嗎？但為甚麼作者如此重視明天，而遺忘今天所承受的那些？

三十歲的今天搭過三次野地公車，今天他還要搭第四次。

媽媽帶著十歲的今天和妹妹，甩開爸爸死亡的悲傷前往城市，媽媽說從此我們要擺脫陰霾邁向充滿希望的新生活。

機構的人將今天拉上車，今天面無表情低頭不語，充滿氣油味的公車顛簸地駛向野地。

爺爺目送今天跟媽媽重回城市，媽媽的手堅定有力地環抱著今天，媽媽的聲音說著 ：「 從此我們要相依為命了，我們一定可以擺脫陰霾邁向新生活。」

今天第四次乘坐這班車。離開城市。沒有人趕他。沒有人送他。沒有人接他。

「爺爺。」今天對蹲在醬菜缸前的老人喊道。

老人抬頭認真地望著眼前的年輕人許久，終於認出這個上次見面時還沒進入青春期的孫子。他露出笑容對今天說：「你怎麼回來了？等一下就可以吃飯啦。」

今天看著爺爺沾滿醬菜渣的手，還有濃濃的醬汁味吸入鼻腔，突然冒失地說出：「我討厭醃醬菜。」

「啊！對不起，我在說什麼！」

他呆了幾秒，突然回過神來尷尬地對爺爺鞠躬道歉。

爺爺笑了笑，沒說什麼又翻攪起醬菜。今天等著爺爺說點什麼訓斥他，一直面紅耳赤呆呆地站在原地。爺爺翻完醬菜起身，看見今天還一動不動地站在原地。「傻孩子，你怎麼還在這裡啊？去走走晃晃看你想做什麼啊！」

今天說好，但他也不知道要晃去哪裡。

這就是我們的主角，不知道自己要什麼要去哪的人。但不管你知道不知道自己要什麼，人生仍會繼續累積與剷除，所以知道不知道的意義究竟在哪裡呢？或許知道是為了讓人以為自己是有方向的，或者要讓人知道自己是渺小的。

在這一段作者不明白自己在闡述什麼的文字之後，今天按照爺爺的建議到處走走。

今天穿著制服坐在教室第一排，他從小就長得很老，光看臉根本不知道他到底幾歲。

同學們都低頭寫著考卷，國小，是國小三年級的生活與倫理考卷：

下列哪個行為是錯誤的？

a. 跟老師說小明沒有帶聯絡簿。

b. 幫媽媽做家事。

c. 看見師長要敬禮。

d. 拿同學的零用錢去買點心。

今天在答案欄填上 A，因為這是沒有義氣的事情，如果他這麼做了會被打，就像同學想拿他的錢他拒絕就會被打一樣。今天的最高原則是不要被打，不管是被老師被媽媽或者被同學打。

## 魚瓜

存在先於本質，相信是唯一的路。

# 魚瓜之歌

一切從一個晚上開始。在正式開始前，一些小事兒們無可避免必須被提及。例如主角魚瓜必須有名字或稱呼方便被辨識……

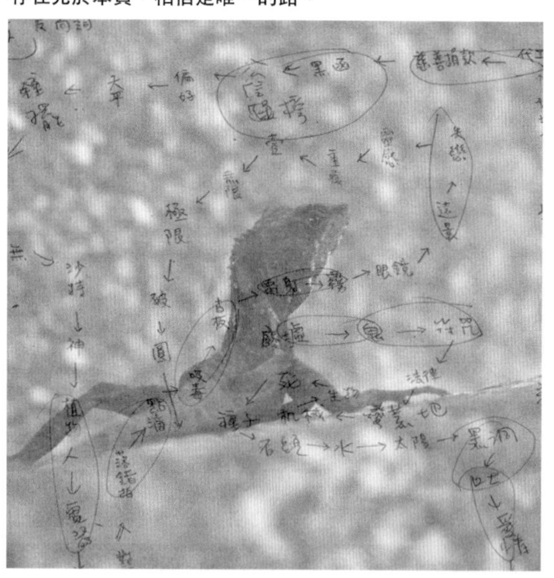

[ 正 ]

廢墟／破掉／斷掉／線／點
時鐘／滴答／水滴／流／方向
手指／筆尖／擦／污點／法院
暴力／攝影機／差異／圈／呼拉
鬼 叫 ／ 貓 叫 春 ／ 大 便
／ 拾 糞 人 簍 子 ／ 竹
鬼畫符／咒／鬼片歇斯底里／討人厭
任性／愛情分／跳／腳／身體／表演
嗶／警報／棍子／孫悟空／翻跟斗
男 孩 ／ 陌 生 ／ 人 類 ／ 世
界 ／ 網 ／ 包 圍 ／ 死 亡
換 取 ／ 大 江 健 三 郎 ／ 保 羅
奧 斯 特 幻 影 書 ／ 萬 壽 寺
自 由 ／ 呼 喊 ／ 里 斯 本 風 ／
災 害 ／ 未 來 ／ 科 技 ／ 終 止
終點／滅絕／病毒／電腦／便利性
簡化／退化／猿類／威權／假／
取代／回想／錯置／認同／地理

[ 反 ]

咒 符 ／ 鬼 ／ 墟 廢
地 荒 蠻 ／ 律 法 ／
頭石／子種／死／物生／械機
／ 洞 黑 ／ 陽 太 ／ 水
漠 冷 ／ 情 愛 ／ 吐
射反面鏡／裝偽／誠真
蔥 洋 剝 ／ 覆 包 層 層 ／
爆 ／ 情 表 無 面 ／ 笑 微
黏 ／ 燼 灰 ／ 山 火 的 發
物食圾垃／米糙／米奈
款 捐 善 慈 ／ 廠 工 代 ／
偏 ／ 榜 信 公 ／ 函 黑
擺 鐘 ／ 平 天 ／ 好
人物植／神／特沙／無／序失
／ 拍 錯 落 ／ 嘴 對 器 電
射 雷 ／ 毒 吸 ／ 滴 點
感靈／戀失／景遠／鏡眼／霧
破／限極／限無／壹／覆重

總　是在想一些問題，與問題的問題。
寫什麼，怎麼寫？
介入與不介入會有不同嗎？
究竟是誰的意識決定了另一個，還是相反？

## 網

「聽說廢墟有很多的螢火蟲？」他帶著一張網前往廢墟，企圖捕捉那些只能生存在最純淨環境下的美好。捕捉的動機是，為了長臥病床的妹妹。

※ 螢火蟲只能在水源純淨、未遭污染的環境下生存。
※ 美好一旦遭遇危險就全然無法抵抗的被消滅？

## 取代

為了抗議都市更新計畫的惡霸手段，他將自己的住所破壞成廢墟且長居不走。政府一再尋找方法要將他驅離卻始終不成功，甚至反被他上法院控訴，得必須賠償一大筆金額。在這過程中，他的妻子帶著小女兒棄他遠去，等到他真正勝利贏得官司時，他的妻子已有了新的丈夫。他對於這樣的勝利感到茫然，到底他最渴望不被奪走、取代的是身為公民的居住權，還是與妻兒的親密關係？

※ 建築為何需要被新的建築取代？
※ 親密關係是如何被取代的？

## 攝　影機

他是用攝影機記錄著廢墟的出現與敗壞而出名的獨立攝影師。有一天他的攝影機壞了，他沒有錢可以買新的，他不知道該怎麼辦。

※ 記錄的方法有哪些？
※ 攝影機跟廢墟的關聯是？

## 錯　置

他認為自己的生命就是廢墟。於是他每一個作為都以毀滅為前提。直到有一天，一個他心儀的對象出現，告訴他，如果渴望有更進一步的關係，他必須回到他自己的生命，而不是繼續自我毀棄。為了發展他所渴望的與對方的關係他開始改變，過程中，他不斷懷疑著，這樣的自我到底是真實的，亦或是一種錯置？

※ 錯置是什麼？

## 時　鐘

他發現一個時鐘，只要前撥，就可以目睹一座建築物由盛華轉為廢墟的過程。一開始時鐘還能夠被回撥，直到當他來到一座廢墟，他好奇若是在廢墟中將之回撥是否能得見這座廢墟毀壞的原由，他動手撥了，卻發現他被困在他撥動時鐘的那一刻……

※ 時間的不可回溯性。
※ 廢墟生成的過程為何？

## 自　由

他是一個成功的建築師。他的建築總被視為當代最適合人類居住、同時也是最具有創意的建築物。但每當他完成一項設計，卻總感到某種窒息感立即湧上。於是他在某一年斷然宣告退休。退休後，他開始設計他心中具備絕對美感、卻全然不適合被人類使用的建築物，而在這之中，他感覺到前所未有的自由。

※ 人類的便利與建築的美是否相衝突？
※ 建築設計的自由是否存在？

## 滅　絕

建築物全數滅絕了！在若干年之後，世上所有人都居住在樹上。再沒有人知道建築是什麼。直到有一個極度好奇、極度調皮的小孩有一天發現一套潛水裝備，潛入一座湖中，發現了一座廢墟。

※ 我心目中什麼樣的廢墟能在若干年後被發現時帶來巨大的感動？

## 男　孩

有一個男孩闖入廢墟，然後被廢墟交換了靈魂……

※ 廢墟是否有靈魂？
※ 廢墟要如何展現自我？

## 貓　叫春

一隻貓闖入一座廢墟，發現那裡是夢想中的貓咪天堂：有吃不完的罐頭、玩不膩的各式貓玩具。他在那裡住得不亦樂乎，直到發情，才發現原來就是少了一個伴。

## 咒

他中了走到哪、哪就會變成廢墟的咒。因此他成了眾人唾棄、驅離的對象。他要如何解咒？

※ 廢墟的生成是怎麼回事？
※ 要如何在維持原貌的前提下令廢墟回復生機？

## 滴　答

相傳在廢墟聽見滴答聲，代表著一種極度的幸運或不幸。而他，無意闖入一座廢墟者，聽見了……

※ 怎麼讓單純的聲音在讀者心中喚起恐怖的情感？
※ 恐懼是什麼？

## 權　威

他是廢墟評鑑界的權威，舉世公認。他能夠從各式廢墟中尋得各式各樣的蛛絲馬跡並告訴世人這些廢墟背後的文化是什麼。直到有一天他被揭穿，他告訴世人的一切都是虛構的。

※ 權威的真實性？
※ 文化被記錄的意義？

## 機械：蠻荒地

為了剷除世上所有的廢墟，他造了一台效率奇高的自動機器。機器能夠自動分辨建築物被使用的頻率，並在判定為廢墟後立即拆除。一開始機器運作得很順利，直到有一天機器忽然發了瘋，將整座城市的建築全數剷平，整個城市成了蠻荒之地。

※ 機器的不可信賴。
※ 剷除廢墟是否為令建築物回復生命的唯一辦法？
※ 城市成為蠻荒地是否意味著這座城市的死亡？過往擁有的經貿條件是否就會就此瓦解？
※ 人選擇將判斷權交由機器所帶來的到底是好是壞？（艾西莫夫的《我，機器人》）

# 魚瓜之歌

魚瓜

一切從一個晚上開始。在正式開始前，一些小事兒們無可避免必須被提及。例如主角魚瓜必須有名字或稱呼方便被辨識；例如主角不是姓魚名瓜，魚瓜僅是一種暫時的代稱而非日常慣用的稱謂；例如魚瓜一個人住在鎮上；例如除迫不得已白日必須出門時會搭公車外，魚瓜多半是以自行車做代步工具；例如魚瓜總穿白西裝外套、藍圓領T恤與刷色的深墨色牛仔褲到夜間部上課；例如因操行成績過低魚瓜換過三間高中；例如儘管大多數同學下課時會三三兩兩的一起離開學校，魚瓜不曾被看見與誰走得比較近，總是獨自騎著自行車，輕晃晃慢悠悠、聽著不知正播放著什麼樣類型的音樂隨身聽，一個人回家。

至於魚瓜的真實姓名、為何未與家人同住、為何總穿著同套服裝上學、為何未就讀日間部、操行成績為何不好、有沒有比較熟識朋友等一個個無須提及的其他小事兒們，由於不歸在無可避免必須提及的小事中，就請暫且忽略，僅由上述這些已被告知的眾小事兒們，進行此篇調查誌背景架構的理解。

正式開始前再來暖個身：經由前面的小事概述，魚瓜只在晚上出門的事實應該不難理解。這作息時間讓他從離開家門到進入學校這段路程幾乎無法遇到任何人；由於總是獨來獨往，魚瓜可被合理的推斷，他應該原本就不認識很多人。

這樣與他人缺少互動的主角，若是僅僅以一個存在著諸多視界死角的道路監視器般的敘事角度進行敘事，肯定令人不耐。可以預想的是，以這樣的主人公開展的故事，明顯必須藉那些被安排出的巧合，讓「那接下來會發生什麼事呢」這種會令讀者對情節感到好奇的誘因出現，方能令接下來的敘事，變化為具有趣味與閱讀舒適度的故事。於是（這乏味的）男主角魚瓜將在某一晚下課後閒晃回家的路上，碰見一個陌生的中年男子，整個故事於是開始展開。那麼，在數百字的閱讀之後的此刻，魚瓜的荒屋調查誌正式開始。

那個夜晚，魚瓜牽著單車走在無人的街道上，而中年男子則是獨自一人站在某條道路的路旁，不知正在做些甚麼。兩個人分別做著各自的事，若是由旁人來看，這二人並沒有任何交集。魚瓜走著自己的路；中年男子做著自己的事。

魚瓜與中年男子的命運從那天的那夜那刻起產生交集。但對讀者而言，這個交集其實尚未在文字中展開。對讀者而言，這個交集只是個空交集，只是個名為「交集」的虛浮文字，在文字的表面底下不具任何厚度，沒有根。可以猜想得到，作為一個讀者，在面對敘事者這種預言式的敘事時，心中的不耐煩正逐漸增溫，所以與其繼續在這空交集底下進行無意義的文字堆疊，快些直接地對於那天那夜的那一刻進行描述才真是正經事。

而命運總是一種身之為人就難以看透的存在。當某甲與某乙各自做著各自的事時，儘管某甲並不認為他做著的這件事對某乙會造成任何影響，甚至某甲根本沒意識到某乙的存在，但某甲做的這件事，透過名之為「命運」的渺異連結，仍可能對他根本不曾意識到的某乙產生影響。

作為一個不能提前看懂命運的人（年輕者魚瓜，或那年長者中年男子），該刻的重要性在該刻是不存在的。因為實際上，在那一個當下，什麼也沒發生。在沒發生任何事的狀態下，那一刻被魚瓜或中年男子視為一個一如他或他生命中的其他任一平凡時刻——一個一點也不重要、毫不獨特的日常時刻。這樣的一刻被認定為不重要，是兩個「個人」藉由對方與自己的相互關係，各自對這一刻做出經驗判決：魚瓜認定兩人初次相遇的這一刻一點也不重要，是因為他認定在這一刻，他與中年男子之間並不存在任何特殊情感或事件；同理，中年男子認定這一刻對他與魚瓜無意義的理由亦然。

但這一刻對他們各自的生命而言卻未必是不重要的。對魚瓜或中年男子而言，這一刻肯定是重要的，因為只要一個人活著，他活著的那一刻就肯定是他生命中最重要的一刻。中年男子的作為或魚瓜對於此刻的想法不因旁人的想法或作為而應被視作缺乏意義，當自我一認知到這一刻對自我的意義時，這一刻就立即因與自我的存在產生關聯，而導致這一刻不再只是旁人眼中那意義缺乏的任一時刻。

又，但，儘管這一時刻可因「自我」意識到自己的存在而發生意義，這重要性也未必就真能被理解。因為事實就是，在這樣的一個時刻，什麼也沒發生。這兩個人難以從什麼也沒發生的那一刻產生對生命的疏離，並進而理解到「原來我正活著啊」這樣的事實。他與他僅能各自繼續各自的錯過，並認定這一刻的意義就等同於已然發生但不具意義的前一刻、又或是意義尚未來到的下一刻。

看似什麼也沒發生，但終究有一件事是確實的發生了：魚瓜與中年男子此時第一次相遇。

當然以任意旁人的眼光而言，他們的這一刻絕對無法稱之為相遇。畢竟兩人之間毫無任何交集。在沒有交集的狀態下，一般是無法以相遇稱之。

但這看似無意義的一刻，在某種未被清楚釐清的巧合意義下，在某種被命定的必然性，導致了兩人在第一次相遇四天後再次相遇。第二次的相遇仍沒發生任何事，依據前面的推導，這一刻仍不具意義。而後再隔三天，發生第三次相遇。這時儘管兩人仍舊無法意識到這第三次的相遇具有任何意義，在他們心中卻很難說不會有這麼樣的一個想法：前兩次相遇若都沒意義，那麼這超出巧合的第三次會面，總該有個什麼意義了吧；只是在這第三次相遇，兩人仍是錯身而過，眼神或肢體上的交流均不曾發生，也因此從兩人三次相遇時的表現來看，意義在兩人那時的意識中始終是缺席者。

直到身為事件真正的起點、那所謂「真正重要」的那一刻，也就是兩人的第四次相遇，距離兩人第一次相遇，已有一個多禮拜過去。那時是深夜，剛過午夜。整條鎮的聯外道路上僅有中年男子與魚瓜兩個人。

在開始講述那「真正重要」的一刻前，也許該補充描述前三次兩人是在什麼樣的場景相遇、彼此之間的距離、經過對方時心裡的想法，以幫助理解到底前面的文字被書寫的意義是什麼，但，那終究是被魚瓜與中年男子視為沒有意義的事物。去描述那些不被看見的細節，一如硬要從沙灘上找到一粒被忽視的不應存在沙灘上的米粒這樣的作為：即使找到了這粒米粒又能如何？開始描述米粒被遺棄在沙灘上的經過或故事嗎？那是否離題？

這樣敘述著那些不具意義的事物時，忽然可見，離題一直發生，於是焦點重新攏聚於魚瓜與中年男子。

時間拉回到那天那夜那重要的一刻。

那「真正重要」的第四次相遇是這麼發生的：魚瓜在放學後騎車在街上閒晃時，中年男子忽然在五公尺外向著魚瓜的方向伸手招著打著招呼，且臉上掛著的是與新認識朋友在偶然巧遇時會露出的友善笑容。

中年男子這舉動直接令魚瓜的車速減緩。雖然中年男子臉上的笑容理應是清楚而明確的指向中年男子與魚瓜其實已經認識，但在魚瓜眼神中似乎仍存在著一絲感到茫然不知如何是好的可能性；也許魚瓜也認出了對方；也許魚瓜減緩車速是為了確認對方是否認錯人；也許魚瓜是看見路上有一隻路過的草蜢才好心減速。魚瓜將車停下，在停車後用右腳將車子側立腳架勾下，並伸手將原本背在背後的書包轉移到身前，而中年男子則在這個時刻將笑容收起，轉露出一種若有所思的神情。

中年男子與魚瓜的首次交談在第四次相遇後展開。中年男子在交談三分鐘時忽然提到位在鎮聯外道路上的廢墟。魚瓜在中年男子話語結束後一秒內馬上回應說他知道聯外道路上有一座廢墟，他經過過一次，但幾天後，他去找就找不著了。魚瓜說也許中年男子可以告訴他該怎麼找到廢墟。中年男子回答說他沒辦法告訴魚瓜廢墟的確切位置；但廢墟就在聯外道路上，怎麼可能會找不著？兩人談話的過程中不只這些內容，但若叨叨絮絮將一切如實道出，焦點似乎會被模糊。此時應要注意的是，中年男子在提及廢墟存在時的說話速度，是比回答著魚瓜說怎麼可能找不著廢墟時要來得更快些。是什麼原因阻礙了中年男子在回應魚瓜時說話的流暢度呢？

在繼續追尋此問題的答案之前，關於廢墟，有一些小事無可避免應該被提及。廢墟是一座位在鎮聯外道路上的荒屋，在廢墟方圓百尺內，除野草外僅有一兩棵樹。樹以一兩棵做描述當然是不精確的，一棵就是一棵、兩棵就是兩棵，怎麼會無法判定是一棵還是兩棵？請體諒這樣的敘事會被做出自是有其難處：兩樹之中有一棵樹僅長了半棵成樹高，一個雷雨夜裡忽慘遭雷亟再也無法生長。此樹要就這麼算做「一棵樹」似乎有些勉強；但這又確實是一棵樹，畢竟無論樹是否遭雷亟而無法生長，樹作為樹不需要以是否開枝結果繁茂枯朽做判定。有鑑於前述的難處，儘管會被指責敘事不夠精確，此時亦只好以「方圓百尺內，除野草外僅有一兩棵樹」做儘可能貼近事實的敘述。

略過植物性景觀，此處應該提及的最主要地景當然是那條鎮的聯外道路。聯外道路長三十公里，連往百餘公里外的城。

這裡有一個很有趣的點似乎可以提一下：魚瓜曾試著騎單車做測量，從離鎮的告示牌到歡迎旅客進入城的告示牌，兩者確實的距離是多少。當然測量這件事是具有強烈的目的性，但因為魚瓜測量的目的與此次荒屋調查是無關的，因此請姑且略過。當次測量魚瓜得到了一個數字：六十六。這數字與城歡迎告示對面的標示牌上公告著「與鎮的距離為七十三公里」的事實有所出入。魚瓜為此感到疑惑，並為此詢問鎮公所的公務員。據公務員表示，城與鎮的距離當然是七十三公里，這事實清清楚楚標示在城外的告示上了不是嗎？魚瓜反駁道根據他親身測量的結果鎮與城實際距離應為六十六公里才對。公務員說明測量時應依照城鎮距離測量員規畫的路線並使用制式工具才是準確的；魚瓜私自進行測量時所行走的路線是否為測量的規畫路線、所使用工具是否與城鎮測量員使用的制式測量工具有所誤差，凡此種種都將影響測量的結果，也因此魚瓜的測量作為必然是有偏誤的，否則怎麼可能城與鎮的距離會與城所公告的有所不同？對此魚瓜只得噤聲，畢竟他確實不知道所謂城鎮測量員的規畫路線為何、測量者所使用的制式工具又為何。

這件忽然提及的小事其實不在無可避免必須被提及的小事歸類中，為何此處忽然脫離敘事軸心進行了這段不需被提及的敘事？此時再次請觀看者好心地略過。

在鎮的聯外道路上，一個公里計程的小標、一個用以標示用路人位置的告示也沒有。說穿了，這僅僅是一條比較大條的鄉間便道。這樣的道路令城內居民前往鎮時似乎時常感到困擾。當城內居民離開城、沿著指示向未曾到過的鎮前進時，茫茫荒原中這棟怎麼看都是廢墟的荒屋忽然便浮現在他們的視野內，此時他們往往會將車速由原本的時速六七八九十公里減緩至一二十公里，甚至有的人會在荒屋前停下車，將原本扔在置物櫃中的地圖拿出翻閱對比附近的地標，試圖確認自己一路走來的方向究竟是正確無誤、或是他們其實該承認錯誤乖乖回頭。城的居民走錯路的可能來自於從城通往鎮的道路，不是一條僅僅從城通往某一個特定鎮的道路。城是中心，城外各鎮的分佈胡亂四散，透過這一條條相互疊合彼此交錯的道路，四散的鎮方得以與城產生連結。離開城時城的居民知道他們離開了城，但他們不一定知道，這條離開城的道路不是只通往一個方向。城的居民必須理解當他們踏上這條路時他們已離開了城，等在眼前的僅僅是無止境連結城與鎮、鎮與鎮的道路。在這些鎮與鎮之間，地標不存在，存在的僅有漫遊者般的漂浮狀態。

也因此，對於行走於如此重要的聯外道路上的城的居住者，廢墟作為一個指向錯誤的地標，其實是具有指標性意義的存在：提醒他們自己並不身在城內，必須謹守離城者的謙卑，隨時將周遭景色與地圖進行比對以避免迷路。作為離城者唯一憑據、這麼重要的地圖，是由城鎮距離測量員所進行測量與繪製。但關於測量員是何時進行測量、如何測量、測量後多久能夠將測量結果呈現於地圖之上？在離城者取得地圖時這外在的鎮的存在是否已經發生異動？對於這些問號，若是進行持續的追尋，只會讓整體的敘事無法拉回軸心，無法將敘事拉回到身為此故事主角的魚瓜與中年男子身上，於是這裡再多補充了一句話供作勉強的拉回：

不過，地圖上並未繪有廢墟或荒屋的存在。

在此刻，有一點應該要特別補充，儘管這一點也許與整篇荒屋調查誌的關聯性並不這麼大、不這麼必須被提及：荒屋作為一個指向錯誤的地標，在城與鎮的世界中其實並非獨自特立的存在，而是一種常態。不過這種常態並不是由各鎮鎮民發現，而是測量員所發覺的。被視為廢墟的荒屋在每個鎮的聯外道路上都有。至於廢墟存在的多或少，端視鎮的產業變化與發展重心是否有所更動。變化次數越多，通常鎮的聯外道路上的廢墟就會比較多；變化次數少，廢墟也會跟著較少出現。被視為廢墟的荒屋也並不總是持續存在，有時城會派出道路修繕隊整理路容，當發現了廢墟時道路修繕隊就會將之視為需要立即拆除的障礙，通常拆除過程不超過兩個工作天。針對這種情況，測量員自然將廢墟視而不見。也因此每一次地圖發布時，也許城外道路上那些被離城者視為重要指標的荒屋廢墟有所增減，卻從不曾看見任何一座廢墟被繪製於其上。關於這點城的居民曾試著抗議，但測量員總也會回過頭，要求抗議者尊重測量員的專業。

為何敘事會從中年男子的遲疑，一路被某次魚瓜的好奇作為所牽引、直偏離至測量員對於自身專業是否受到尊重所作的抗議呢？故事焦點一路偏移，若再不試著拉回，恐怕無法結束。至此先請聽首歌，旋律請自行依照你心中喜愛的旋律做伴奏，歌詞如下：

〈魚瓜之歌〉

關於魚瓜，那些無可避免必須被提及的小事兒們，
那些無須提及的小事。
細節，細節。意義彼此交錯而過。
不拖延，誰在拖延？
重要的一刻終將來臨。
卻忽然，多出了空檔（只是假象）。
虛假者怎能為真？
從樹到樹，不精確的記數，
忽然發生測量錯誤，
漫遊者、廢墟，與作為指向錯誤的地標，
而尾聲忽然來到。

但尾聲還沒來到。中年男子決定要帶領魚瓜前往廢墟。在此之前魚瓜總是明確的提出心中的疑問，但此刻卻陷入沉默，而中年男子只好權充旁白，在這條路上，伴著魚瓜，領之前行。

儘管此刻我無法以言語告知你廢墟所在何處，我願意親自領路。

沒關係，我們不用急著開口。這段路很長、而周遭是如此漆黑。

呼，這裡。對，停下來。你把車牽好放好再說。是啊，你說的對，除了漫無方向四處生長的荒草，以及兩三棵各自孤立著的樹，這裡什麼也沒有。

你看，有看到那棵枯樹嗎？對，順著我的手指望去那邊那一棵。通常騎車經過不會注意到那棵沒有任何生命跡象的樹對嗎？不，我也一樣，在那一次之前，對那棵樹其實一點印象也沒有。

那天，我的車在回鎮的路上拋錨。不得已一定要棄車，用走的走回鎮上時，我才注意到這間荒屋。

當時原本期望這是間其中有人居住的房子，但事實就是這是間荒屋。它無法對我希望有人居住於此的這個期望做出超出它作為一座荒屋所能給予的回應。

儘管如此，因為當時我已走了好一大段路，實在很需要休息，我便在屋裡呆了一會兒。片刻的休息後我恢復了體力，也終於能夠完成剩下的以雙腿進行回鎮路程的旅程。

在那之後，每次經過這廢墟，總會停下來觀看一會兒。

有時是觀察它的門窗使用哪種風格的建材；有時觀察它的前廊是否有特殊的家具；有時則是觀察在荒屋之外那些似乎更具有生命力的存在。那些花啊、草啊、偶爾跳上路的草蜢、青蛙、不知從何飛來的蜜蜂、蝴蝶、甚至是一向趨光的蛾，這些平常不被特別關注的生命，當他們來到這座荒屋的周遭時，忽然產生奇特的對比：荒屋因為他們而更顯荒涼，他們則因為荒屋而更顯生命力旺盛。

但若將視野放大一些，很快能察覺這棵距離荒屋有一段距離、兀自凋萎在荒原之中的這棵枯樹。作為一棵枯樹，對比於其他每日都有細微變化的活物，它的存在感薄弱，難以被從背景中區離出來。但在觀看這座荒屋時，一旦視野中有了這棵枯樹的存在，這枯樹忽然產生一種故事性：它是怎麼失去了它的生命、成為了不同於這些具有旺盛生命力存在的另一種存在呢？面對這樣忽然發生的好奇，以及面對引發這一切的荒屋，我忽然感到畏懼，畏懼自己會將時間浪費在對這種其實對自身毫無意義的事物上進行探索。與其去探索這棵荒樹、甚至是這座荒屋的故事，倒不如去研究在它與它之外、兀自飛舞著、生長著、蔓延著的那些原野、荒草、蝶蟲蛙鳥不是嗎？但，儘管荒屋周遭有這麼多存在，那棵枯樹卻成了我辨識此處的重要座標⋯⋯

諍玄

一個喜歡寫字、也還在練習寫字的人。正在透過書寫，誠實地面對自己。

# 守燈

第八天了，每天的出海出巡至今已變成徒勞無功，大夥兒的狀態也都從焦急的找尋，轉變為安慰自我的行動……

［ 正 ］

廢墟／殘破／毀壞／時間／回憶
童年／蜻蜓／小溪／渦蟲／石塊
堆積／塔／燈塔／方向／迷宮
出口／逃生門／火災／屍體／死亡
結束／開始／開關／扳動／斷裂
黏著劑／強力膠／吸毒／癮／戒除
決心／成功／失敗／谷地／風景
旅遊／步行／腳／纏足／制度
彈性／橡皮筋／彈弓／打獵／白狐
傳說／虛假／欺騙／盲／眼睛
靈魂／鬼魂／飄／輕
／羽毛／鳥／自由

］ 反 ［

／殿宮／墟廢
翁富／窮貧
熟思深／族光月
和飽／散鬆／慮
／覺痛／性物植
眠／醒清／醉麻
／星星／晝白
凍冰／星矮白
進／斂收／山火
士戰／夫懦／擊
鷹禿／鴿平和
淨潔／菌細／
／序秩／亂髒
碼密／數亂
／纏糾／開解
恨／愛／棄拋

**廢　棄的燈塔，如果它是個有機的生命體，複雜如一片網的東西與它相連圍繞，彷彿一旦抽掉一個連結，便會扯斷很多……**

## 回　憶

那面殘破的鏡子老是映著一些畫面。

那女孩出生了；那女孩第一次穿上洋裝，開心地拉著裙角在原地打轉；那女孩藏在書包帶回來的玫瑰，她掩著止不住的笑意靜靜的在桌前塗抹；一個粗壯的男人推開門。那女孩被粗魯的占有。她反抗，她嘴角流血了；她在淒厲的喊叫聲中產下一名男嬰。那孩子趁著夜色被送走了。那女孩總是在哭。她帶著行李離開。

總是在鏡面反覆反覆的播送著。

不知那是屬於老房子的，還是那女孩的，悲傷回憶。

# 燈　塔

他拾階而上，跟阿胖交了班，瞥一瞥正兀自運轉的那些儀器，一屁股就在瞭望塔台的單人椅坐下。椅墊還留有阿胖的餘溫，他不太舒服的扭了扭身子。燈塔投射出的亮白燈光筆直的射向海面，三六〇度的旋轉將各個角度的海都打的亮晃晃的。他抓起一直在讀的小說沉溺其中。無須太過注意燈塔本身，亮度有規律的偏移他閉上眼都能感覺到。一切都沒有問題。

這工作對他而言是太輕鬆了。只要偶爾檢查一下儀器，確定它們有在正常運作就好。高科技的產生取代了過多的人力。當然所有機械的原理、調整方式他是瞭若指掌的，只是機械出差錯的機率很小，他常常覺得自己英雄無用武之地。

海面的浪突然之間大了起來，天空也七零八落地跌下了雨滴。他朝窗外望去，是個無月的夜，只有這種夜晚，燈塔才在無線定位發達的現代，多少又派上了一些用場。他將自己從椅墊中拔起，將整套機器又檢查了一輪，接著他套上雨衣，爬上塔台做外部的檢視。

自顧自旋轉的光束，掃過西北方的岬角。他的眼光餘光瞄到了佇立在那的一座較矮的燈塔，古舊，且早已廢棄。他想起阿胖的父親死於海上，在那個燈塔莫名故障的一個暴風雨晚上。後來阿胖堅持守著燈塔，守著海岸的光亮。而他自己呢，又為了什麼固著於這個地方？

## 纏　足

籐椅裡埋著一個好老好老的老太婆，她一動也不動的坐著，半睜的眼露出一片濁黃，視線不用說是迷失了。兩只乾癟的暗紫色的唇，黏著著一支也同樣垂垂老矣的煙斗，你甚至會懷疑這煙斗是從老太婆身體裡長出來的。

偶爾從鼻腔噴出的煙濃密且迷茫，於此只能判定她還活著，而思緒倒像是完全靜止。我無法抑止的一直盯著她的腳，那兩只裹著暗黃色的布，不到十公分的小腳。我彷彿看見它們套著鮮紅色落印著成對鳳凰的繡花鞋，一步一步輕盈地走著，踏向她曾經非常期望的未來。

## 火　災

那個被獻祭的女孩最後並沒有成為山神的妻子或淪為任何一種幻獸的食物，她只是被綁在神廟的石柱上飢餓脫水地死去。

她不情願、她哭喊、她求助，然而所有的村人都如同被一股神祕力量所控制，沒有人將她視為一個「人」正視一眼，就連她自己的父母、從小的玩伴、暗戀她的男孩……。

她在死後化身為一把充滿怨懟的火燒盡了整個村莊。而後數百年內，那個山坳只要一有人跡、一開始復甦，便會沒來由地引發綿延大火。人們傳說那是那女孩的詛咒。現在那村落只剩焦黑一片，寸草不生，只有少數尚未傾頹的不完整的房舍歪斜地站立其中。

# 制　度

公元五千年的地球，所有的一切都已經耗盡了。環境已惡劣到沒有任何有機體可以生存，唯一的「類」生物是植入人工智慧的電子仿生人，他們倚靠永恆不滅的太陽能源存活，並由少數密碼片段的重組緩慢進化。

早在能源幾乎耗盡之前，科學家們為了解決問題，研發了一種特殊材質的膜；附上這層膜的物體不會風化、不會受到任何外力的侵蝕。在短短三年間，他們為地球上的所有一切附上這層膜，讓僅存的物質不滅。

如此一來，大地便是靜止的。舊的東西不再毀壞，但也無法進行新的建設。縱使這些電子仿生人早已被植入高度的科技，卻也因為沒有原料而束手無策。

時空的穿越早已不是問題，他們有能力回到任何一個時空，唯必須遵循兩項法律：

1. 必須隱形；

2. 不管身處哪裏都不能依靠己力使所處環境發生任何變動。遵循法則並不困難，因為製造時就被輸入的程式碼掌控一切。

七三〇二號機在一次時光旅程中因通過空間扭曲時操作不當而受到劇烈震盪，機器自動修復時發生突變，它竟產生了「類」欲望的感覺，且這新的指令意外的享有高於「法則」的優先權。早已在過去看過數次的綠色森林勾動「他」無法克制的渴望。他要把這些帶回未來，他要他居住的地方也充滿著如此生氣蓬勃的景象。他砍下了一棵樹，塞進他的時光機，回到他所在的年代。

當他掀開時光機艙門的同時，那棵樹接觸到空氣便迅速枯萎。而他面前歪斜頹坐著的，是已成廢墟的他的房子。

# 逃　生門

他醒來的時候發現自己置身於一個純白色的房間，沒有門、沒有窗，單純的一個純白色的立方盒子。他發覺自己不會餓也不會累，彷彿就算永無止盡的在那個房裡待著，生命也不會有一丁點的流逝。

可這樣的日子他過得厭了、不耐煩了，他開始想要離開這個空間。

當他強烈的抱持著這個慾望七七四十九天之後，一面牆上竟然憑空出現了一個標示著 EXIT 的綠色燈柱，以及冒出了一個銅黃色的把手。他用盡力氣一拉，整面牆便分崩離析，他突然置身一個極為荒涼的地方：斷垣殘壁、杳無人跡；空氣陰濕地讓人發冷，唯一的生命體，大概只有覆生在潮濕木片上的霉。

他感到飢腸轆轆，卻遍尋不著任何可以果腹的東西；覺得冷，也找不到一個可以遮風避雨的地方供他棲身……。

當他回頭望去，那個白色房間也早已不復存在。

## 強　力膠

他腦中總是看到那個畫面：一個小男孩坐在光線幽微的角落裡專注地拼貼著什麼，手上握著不符合他年紀的強力膠，試圖將面前一塊一塊的碎片組合起來。

他猜測那男孩（其實是幼年的自己）認為只有強力膠的黏性，才足夠修復那個嚴重的破損。

他一直試圖想去看那男孩拼湊的到底是什麼，但光線太暗了，過量的強力膠又把一切染上黏稠的黃，他一直看不清。（但他其實不該忘記的，那個久遠的記憶、曾經完好的家、母親。）

## 打　獵

自他的未婚妻被那隻大黑熊攻擊傷重不治的那一年起，他就每年上山獵捕那隻黑熊。多麼狡獪，二十多年來他竟不能傷牠一分一毫。

他的生命被仇恨占滿，他除了一再地瞄準、開槍，剩下的便是一片荒蕪。

某天，他又打偏了一槍，子彈在一塊奇石上炸開，漫天塵霧。他似乎在模糊不清的視野中看見了幻影，看見背著畫架眼神閃耀的自己。他突然像喪失了所有力氣，「這些年哪……」。

# 白　狐

三個孩子帶著緊張兮兮又興奮的神態，爬過雜草叢生、早已荒廢的花園，推開鏽蝕的鐵柵欄，躡手躡腳的潛進村裡人都不敢靠近的一棟那年代少見的洋房。

原該鑲嵌在窗櫺上的玻璃破了，散落一地的碎片踩過會有喀滋喀滋的聲音。陽光穿過殘缺的窗，在地上映出不規則的投影，沒有給房子帶來更多的溫度，反倒使陰暗更陰暗。

順著木階梯而下，幾張大桌歪斜地散落四處；桌上疊滿了文件、實驗用的燒杯、酒精燈、溫度計等等的東西。除了蒙上一層灰，物體凌亂擺設的程度就像只是被中途擱置的工作。

房間總透著一股陰氣，孩子們很快就發現讓他們渾身不對勁的原因，那寬闊的房間牆面掛滿了各式的獸皮，以及從脖子被截斷的，面目猙獰的野獸首級。怪異的是，這些獸類全數是白的，潔淨不參雜任何其他的顏色。頂多也只因為時間流逝加上了一些泛黃的痕跡。

眼珠不知為了何故竟完整保留，幾進透明的淡色眼珠彷彿投出漠然的視線，穿透、穿透。孩子們皆不自覺地打了寒顫。

在四散大桌的其一，背面的暗箱靜靜的躺著幾份文件，其一，是一張早已泛黃的剪報，寫著某員外因救了一隻白狐，牠為了報恩為他產下一名潔白之子的鄉野傳奇；其二，是一名白子科學家在自宅進行將近三十年的研究，發現控制白化現象基因而獲獎的報導……。

# 羽　毛

傳說在喜瑪拉雅的山頂住者一隻巨大的神鳥，牠身上的羽毛與世間的樣貌有著密不可分的關聯。當牠的羽翼豐潤、亮澤，世間便會出現難得一見的盛世；當牠的羽翼脫落、衰敗，世間便滿是天災戰爭，民不聊生。

原本神鳥的一切是由天而定，但近年來卻完全走了樣。空氣、水源的敗劣，讓神鳥的身軀益發虛弱，羽毛褪色、且一根一根地掉落。

遠古的預言書上記載：

公元二〇五〇年，整個地球將會變成一灘廢土，唯一僅存的，徒有神鳥的哀鳴。

# 守燈

諍玄

　　第八天了，每天的出海出巡至今已變成徒勞無功，大夥兒的狀態也都從焦急的找尋，轉變為安慰自我的行動。雖然明知道你存活下來的機率趨近於零，但還是不能接受，不想接受。連屍體都找不到的我們，可以抱持著你還活著的想法吧？

　　但是為什麼呢？我一直想不明白，為什麼要將自我這麼深的介入他人，甚至到放棄自己生命的地步。我一直以為不同的生存形式，最終目的都是為了實現自我。我認真考慮過我們倆形式上的不同：我與他者保持距離，覺得必須避免來自外界的渲染，才能夠維持並強化自我；而你不是，你總是與人牽扯不清，與他人的生命間有著過度的交換，可很奇怪的是，這樣並不影響你個人的完整性，卻更像是藉由被信賴、被接受，而從外界獲得回饋並與你的自我本身凝聚成更堅固的東西，而那成為你，更完整更純粹的。

　　那晚，浪使勁地拍打著，比平日高兩倍的大浪毫不遲疑的湧進陸地，海岸線被吞噬著，迅速變換而顯得模糊不清。狂風夾雜著大量的水氣從地表掠過，石子、葉片、斷木全在風中交雜、翻滾。狂風暴雨掃過路面、敲擊房舍，玻璃被擊碎了一地，鐵皮在屋頂微微顫顫，發出嘎吱嘎吱的聲響，彷彿隨時都要棄守而去，樹木被壓擠著，彎曲的軀幹不時伴隨著細碎的碎裂聲，一些小的枝枒抵不住強風的暴虐已先行斷裂。路上沒有行人，只有不知是倒灌淹進的海水抑或是天際倒下的雨水，在路面上匯集成一道一道奔騰的水流。

突然一道閃光震得整個天頂亮晃晃的，隨之一聲巨大的聲響，在那之後，整個村落陷入一片嘈雜的黑暗之中。

王正東從座椅上跳了起來，「搞什麼？！」他心想，抓起放在桌面上的手電筒就往地下室衝，王正東踩著螺旋狀的鋼製階梯，快速地向下移動。柔和的黃色燈光探照在這棟柱型建築物中，掃過的光束足以讓他看清所有的儀器都停止運作了，他不懂怎麼會這樣，就算所有的電纜都被截斷，他們也有自己的發電系統，平時的保養也都有認真地進行，照理說怎麼也不該發生這樣的情況。

得快點找出哪裡有問題才行！這種天氣要是燈塔不亮可就糟了！

一閃而過的是海面上的船隻被大浪包覆吞噬的畫面，但他更介意的是他沒有盡到一個守燈人的職責，他沒有確實地讓燈塔發光，他讓很多人因摸不清楚方向而葬身海面。那是一種專業被質疑加上道德感壓在身上形成的恐慌。

他匆匆忙忙地從瞭望台跑到位於地下室的發電室，還沒開門，就聽見機械特有的那種悶悶運轉的聲音。他推開門，果不其然，發電機好好的在運作著，發電室的電燈也如常的發出慘白的光。他往回走，爬到一樓，所有的機器還是完全靜止的。冷靜點，他告訴自己，一定是發電室到一樓間的線路出了什麼錯，快點把它找到，修正過來就沒事了。修正過來就沒事了。他回到發電室，拆開牆上的一道暗門，一面巨大的電路板展現在眼前，他小心翼翼的測試每一個迴路，到底哪裡有問題？他緊張得冷汗直冒。

身後突然傳來開門聲，他轉頭，看見一個包裹在黃色雨衣裡的壯碩身體。那雨衣還逕自滴著水，滴滴答答的，與悶悶的機器運轉聲一搭一唱的。王正東對他投了「啊！你來啦」那樣意涵的一瞥，又繼續轉頭研究那些電路。

什麼問題？

發電機是正常的，但上頭的儀器完全不會運轉。

修得好嗎？

不確定，現在還沒找到問題。

王正東感到那個濕濕熱熱的龐大身體往他身邊擠來，也焦急地一併檢查電路，他的手測試著，口中卻嘟嘟嚷嚷的不知說些什麼。王正東仔細一聽，才發現他說的是：張伯、李伯、王大哥、許家兄弟全都還在海上！急死人了！為什麼風浪這麼大還堅持要出海？

人物觀察 #pharos 001 — 2　　　　記錄時間：2004.6.30

姓名：吳宇皓

綽號：阿胖

年齡：24 歲 3 個月

守燈塔齡：16 年 10 個月

外觀：

1. 體態壯碩，蓄小平頭。
2. 喜好裝束為 T 恤搭刷白牛仔褲，除左手手腕配戴金屬錶鍊之手錶，無其他飾品。隨身攜帶瑞士刀及小型手電筒，通常放在褲子右側口袋，但有時也會錯放在其他地方。另一側口袋則是放著打火機與菸。

3. 臉上總是堆滿笑容。

個性：

開朗、坦率、古道熱腸、富正義感，喜歡幫助人與照顧人。

人際關係：

1. 與人相處非常融洽，所有人都喜歡他，他本人也樂於涉入任何事件之中，不論事件主角與他認識與否或事件本身與他是否相關。
2. 老一輩的人很信任他，會依他的意見做決定，小一輩的孩子喜歡在他身邊打轉，要他陪他們玩。他對孩子的態度是溺愛。
3. 在村裡若有紛爭他多半會成為裁決者（或至少是勸架的角色）。
4. 對弱者有特別照顧的趨勢。（我認為這是天性使然。）
5. 相信每個人都有其存在的價值，且此點不會被任何理由攻破。

王正東震了一下，透過阿胖的言語，他突然意識到那些「海上的人」並不只是一個集合體，不是單數的名詞，他們每一個都可以與特定的形貌與名字疊合，這些名字有與其交往甚密的其他對象。人的關係複雜如一片網，抽掉一個結點，便會扯斷很多絲線，而被固著在絲線另一端的人會痛、會悵然所失。王正東意識到身旁的阿胖焦急的原因，那與他不同。他如果願意救人是因為覺得應該，覺得那是自己的責任。阿胖在這些之外還有更不得不的理由，因為他陷在網裡，也同樣被牽動。

不行，根本找不出問題。阿胖索性放棄那整塊電路板。

你覺得，大概還要多少時間才能把燈塔修好？

起碼還要……三個小時。

太久了、太久了啊！算了棄守這裡吧，我要去舊燈塔，你來不來？

王正東知道阿胖說的那個舊燈塔，它位於現在這個新燈塔東南方約八百公尺，更接近海一點的地方。據傳言，它已經守護著這個邊陲小村數百年，自從新燈塔啟用的這一百年間，它開始迅速崩壞、頹圮。偶爾經過，只會覺得它是舊時代的遺跡，荒蕪，完全派不上用場。於是他露出一抹遲疑的神色，現在去舊燈塔有什麼幫助。

阿胖一面扔給他原先掛在牆上的雨衣，一邊簡單的說著王爺爺有教過他使用舊燈塔的方法，他平常也有默默的在準備一些必要的器材，他們兩人一起讓舊燈塔發光應該不是難事。雖然舊燈塔不像新式那般的可以把光送到很遠的地方，但對近海捕魚已經足夠了。

背景（由村民口耳相傳得知）：

1. 父親於暴風雨時出海捕魚，溺斃於海上。當晚燈塔故障。兩件事不盡然有絕對關連，但阿胖認定有，並以此作為必須守燈的理由。
2. 母親於父親死後即得重病，一年內病逝。
3. 其他鄰人擔負照顧阿胖的責任，輪流看顧，直到前任守燈員王水生自願領養。王水生領養阿胖的原因是因為阿胖很喜歡到燈塔坐著，看王水生如何讓燈塔運作、聽王水生說話；大家都說阿胖是王水生的接班人。阿胖稱王水生王爺爺，該老者於八年前（即阿胖二十一歲）時辭世。

留下來繼續修復這座不知問題出在哪的燈塔，或是跟阿胖到那座已如廢墟的舊燈塔碰碰運氣。哪一個，王正東必須當機立斷做出選擇。只遲疑了三秒鐘，他就決定穿上雨衣，在自己束手無策的情況下，他決定信任這個相處了七年的男人。

然後是王正東跟在阿胖身後在大雨滂沱之中沿著海岸線狂奔。大雨像是被倒下來的一般，一點間隙也沒有。雖然王正東身上穿了雨衣，大雨還是從領口竄入，他感到襯衫濕濕冷冷的貼在胸口。前方的阿胖好像試圖對他喊著什麼，但他的音量完完全全地被狂風暴雨的噪音壓過去了，王正東一個字也聽不清楚。

舊燈塔冷不防的出現在兩人眼前。

阿胖率先走進舊燈塔，王正東深吸一口氣也跟著踏入，兩人踩在細碎零亂的碎石子地上，喀拉喀拉的聲響大半也淹沒在風聲雨聲裡。磨石子打造的階梯很明顯的被風化，昔日清楚的稜角如今也變得坑坑疤疤，腳一打滑，就有細屑般的粉末剝離。

舊燈塔不高，只有三層樓的高度，他兩人很快的就爬上了舊塔台。阿胖把手上的手電筒順手擱在石台上，走向背風側的那面牆，接著他伸手一拉，一塊黑乎乎的塊狀物就從那牆上脫落。王正東在微弱的光線下，看出在那油布之後有一大片桶狀物堆滿整個牆面。汽油嗎？他心想。只見阿胖拔開了一個罐子，把裡面的液體倒入大油槽中，還一面對王正東叫著，你別發愣，快來幫忙！兩人重複著開罐、傾倒的動作，不一會兒就把油槽注滿了。阿胖從褲袋裡抽出打火機與菸，以熟練的姿態把菸點著，緊接著火星劃過一道弧線，墜入油槽，原本幽暗的空間燃起熊熊火焰。

火一點燃，阿胖明顯的些微鬆了一口氣，他露出的和緩表情在搖曳的火光中被刻劃出來。他緊接著丟下一句我出去看看，就三步併作兩步的跑下樓去。

矛盾點：

1. 因海家破人亡卻不怨恨海。（我曾經問過他為何不恨海，他說因為恨也沒用，愛的力量強大多了。且海是值得尊敬的。）

2. 幼時事件沒有構成陰影，卻造成完全反差的開朗個性。
（在心理學上成立嗎？）

評註：

過於光亮的存在，予人暖意，令人不由自主的想靠近。

可能對這種形式的存在有些許羨慕的感覺。

（朦朧，還無法確定。）

王正東透過那面玻璃早已消失的窗框向外看，大雨仍舊狂妄地肆虐著。阿胖黃黃的身影從塔底冒出，漸漸地往海邊移動。風雨擾動他的雨衣，他的身體略為傾斜。王正東沉默地看著如此堅毅執拗抗拒的姿態。那片黃色的身形在片片大雨間站定、轉身。他抬頭，朝燈塔看，然後把雙手高舉在頭頂圍成一個圓。王正東看出了他是要說 Okay 一切沒問題，便舉起右手招空中揮了揮，表示知道了。阿胖又重新轉身在啪嗒啪嗒的風雨中繼續朝海岸走。王正東看不見他的表情，卻覺得他好像露出了和煦的微笑，最後終於成為岸邊的一小個點了。

被燈塔打得亮黃的海面出現了幾塊在大浪中翻滾的黑影，一寸一寸以極緩慢的速度朝岸邊推進，然後黑影停下，幾個更小的紅點出現在視野，向那個原先在海邊張望的人影靠近、聚攏。

接下來的一切發生得很快，令人措手不及的快。先是那些人形的聚攏擁抱，然後是穿著黃雨衣的阿胖奔向海邊張望，緊接著他拖著剛剛才從驚濤駭浪上返回的一支黑影又衝入黑色翻滾的大海。

等王正東意識到的時候，他的雙腳已經奔跑了起來。雨還是沒停，雨水濕冷的撲在他的臉上，但他卻感到一股難解的燥熱。那佇立在海邊的一排人們的背影在他眼前越來越大。阿胖上哪去了，他問。聲音大得連自己都嚇了一跳。

許家小哥伸出手只微微的指向黑乎乎的海，一面細碎地說著，他去救張伯了，叫他別去的、叫他別去的，喃喃的音調混在雨聲裡，含含糊糊的。王正東看看海，又看看他，看看海，再看看他。那些討海人的臉上全都濕濕，卻帶有一副驚魂未定的茫然神色。

「阿胖——」王正東竭盡所有力氣的朝海面大聲喊，但不論是聲音是力氣或是焦急的心情，全都被那片大海吞噬得一丁點都不剩。

在海浪中間一邊暈船一邊搜尋著你（或是你的屍體）的同時，我突然感到困惑極了。迫使你在狂風暴雨中不顧生命危險也要去搭救另一個人的，是因為根本沒考慮那麼多，由衝動驅使的行為？還是你的確認知到生命可能在此終結仍舊下此決定？

我不確定哪一個是你的真實想法，也不知道我期待並受之衝擊（甚至是一種難解的感動）的是做何想法的你。但不論是何者，我想我可以確定的是，你在追求的一定不是只有自我而已，而是一種更龐大更高尚的東西，那是現階段的我無法明白的。

但我想要去明白。

你的存在模式如果套用在我身上會如何？我能感受到你所感受的嗎？就算你的作法與我的之間有著強烈的衝突，我也不覺得你是愚昧／錯誤的，這樣能說我或許是欣賞並且期待自己能如同你一樣嗎？

漸漸的，想要那樣做試試看，不再與人保持距離、不再只是抱持一種觀看者的姿態，而是介入他人的生命如同介入自我，模擬他人的思緒角度，或許可以感同身受。這樣做會比較好嗎？我雖然不知道答案但我想這樣嘗試看看。也許現在這樣想的我，也已經介入你的生命了吧（縱然它已經消逝了），是嗎？

## 安妮，喂

理論上人都應該要有屬於自己的影子與自身相連……

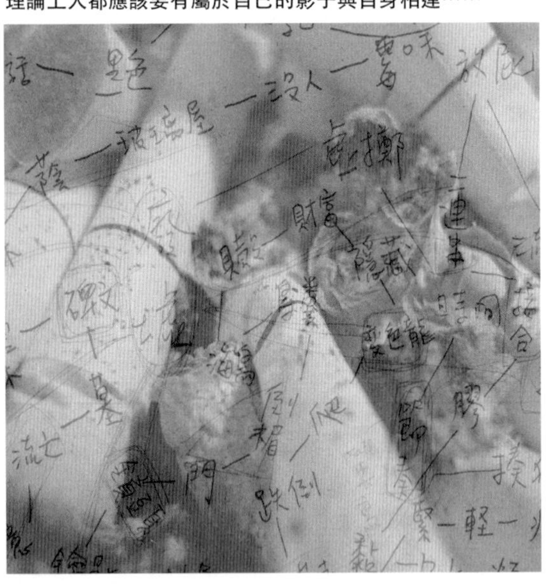


# 影子

種田，三合院？我們怎麼在……龐大的鮮綠包圍一名弓著身的女子……阿嬤沒說話，晶透嫩綠的稻苗起伏彎曲光線折入三合院右隴邊間。女人的聲音……

[ 正 ] [ 反 ]

## 正

廢墟／虛擲／時間
／節奏／揍狄克
克流感／流放／放
屁／一連串／接合
膠／黏／口水／煩／燥
病／瘦／輕／緊／穿
河／魚／海洋／浪／潮
月／日／星／銀河／倒著走
跌倒／爬／變色
龍／隱藏／財富
貝殼／海鳥／鳥糞／倒楣／門
鎖頭／鑰匙／抽
屜／開啓／天光
黎明／歌手／製作
人／老唱片／45轉
刻痕／針頭／摩
擦／記憶／流亡
墓／碑文／棺木／森林／蔭
玻璃屋／沒人／霉
味／紅酒／軟木塞
孔／眼睛／黑色／笑話／荒謬

## 反

家／絆羈無／擔負／盈輕
重穩／浮輕／固穩礎基／靠牢不／定穩
險危／全安／安不／定入／傷悲
樂快／鬱憂／動躁／過
難／的奮興／的氣生無毫
的跳跳活／的死僵／石化
活／石化／品商器電用家
市超鮮生／坊市街化迪／司公
貨百／店品精／販量品商用日
發批果水／場市發批貨漁
／市夜／涼荒／所場色聲
少稀煙人／榮繁／萎枯／放
齊花百／堂言一的派義教本基
／片錄紀了拍勒特希幫是過不只我／義主
斯西法家國粹納／由自的民人是行遊會集
／條001法刑／權授經未／口進理代司公
／私走／益公／貪／感無／喜狂／愣愣直
動扭／戲遊性線／矩規不土破／理倫手
合／貌禮沒／倫不／確精／擬諧／界
世理物觀客／現再／真失不／音錄位
數／物加添工人加未／物植室溫／墟廢

# 什 麼狀態是既活著又已死去？

## 節　奏

不知為什麼在鄰近沒有人住，窗子已經不在的木造房，風的路過都是以直接穿入的方式在屋中形成隆隆的回音之後才久久散去。但今天在回音中卻多了隨著聲響搖擺的影子，我知道那不是鬼魂，但差別不大。空屋有了新的主人，附近的一位老伯、醉漢、流浪的中年藥頭……

風，加上傾頹的房舍，再加上幢幢身影，三者重疊跳動的舞姿，為鏡子裡另一端的旋律，擔任間奏的任務，扮演陪襯的角色，裝飾他人的基調，他人的生命。

## 黎　明

黎明的時刻，相較起夜晚甚或凌晨，整座城更似廢墟般靜止，悄然無聲。一座在時空中凝結的黑暗空間，讓已成為殘骸的星光遙遠地凝視。

## 鎖　頭

手中一串鑰匙，她撿了一支對準任何一把鑰匙皆可開啟的鎖頭，鎖頭鎖著的是一個空蕩的抽屜，一只破敗的箱子，由外頭可以直視內在的一切祕密。

插入之後轉動與不轉動的差別只在於喀嚓一聲，什麼都沒有，也不會因此多知道些什麼。

如廢墟存在般的抽屜，鑰匙與鎖頭的相互關係顯得毫無價值。

# 刻　痕

數月前才被拆除，毀壞殆盡的舊房舍——有相當規模的日式老房，以前應該是殖民時期，殖民者、殖民的在地執行者與買辦所曾爭相持有的地位象徵。

地位的象徵，卻也爭不過時空的流轉。

帝國遠去已近一世紀的光影，曾經每天下午經過這區夾雜在高樓棋子間的破房，習慣光線以特定的角度歪斜地穿過它，溫柔的篩落巷弄；也許是材質又或者是時間的關係，這樣的光帶給人一種迂迴纏繞又不逼人的溫和。

聽說，房舍要拆了。之後房子真的散了，就在數月前的數天間。

開始搗毀到結束前的每一天，光，受著一次次重擊，一秒秒一天接著一天，結果線條產生新的歪斜——光線一直是這樣，光線一直是這樣被一個接著一個的新規畫更新，指引它的路徑。

當房舍只剩下一片牆垣。雖說是牆，但不過就是剩下排列參差不齊的牆面碁石。這時光突然像炸開的核子彈形成的蘑菇膨脹成一團，包裹住已經消失的牆的兩面，向下匍匐吞食直到牆底碁石。觸地的落塵蔓延，擴散翻起大量的塵土，朦朧的整團光再度以輻射狀射向四周原就圍繞房舍的玻璃高樓。經過大樓反彈回來的光如空氣中瀰漫的灰燼鑽入你的呼吸器，直接逼人的方式，巨大的讓人不快，又無從閃躲。

玻璃帷幕反射的線條是毀壞留下的痕跡，也是殖民結束將近一個世紀以後的新刻痕。

新的？

還是其他微小的、緩慢緩和的扭曲，細微到總是讓人不經意地忽略，忽略成了習慣，像呼吸時鼻孔一定有氣體流入那樣的自然，一步步地慢慢侵蝕。

漫步者走過大半的年月後，凝視著這巨大時光裡早已漫步扭曲的刻痕。

# 東　尼瀧谷：村上春樹：：易卜生：建築師

## 老唱片與下個世代的 人

索多輪街的末端，半山腰的位置，十三號，一棟相當現代、線條簡潔俐落寬敞的兩層平頂住宅，今日來了一個和環境相當不協調的拜訪者，人與屋舍間的關係顯得相當傾斜。羅斯出來應門。

「是的，我是想將它承租出去，您有意願嗎？」羅斯仔細地端詳出現在眼前的這個青年，戴著墨鏡看不出他眼球的神色，刷立的頭髮、鼻環耳洞叮叮噹噹，身上背了一台機器，電音 DJ 慣用的簡易混音裝置。

「我想看看您的收藏。」

「沒問題，直接上二樓，整層都是沒有隔間。」

跟著步上二樓的墨鏡後頭，左右兩邊繞了一圈，滿牆排列整齊的方正封套，唱片與唱片的縫隙間露出後頭白色的油漆牆面，白牆反射在兩個橢圓形的塑膠鏡片上。他拿起一張唱片，自陳舊的封套中抽出黑亮的薄盤後又放了回去。

「這裡的收藏從一九二〇年代到二〇〇〇年的都有，按照年份排列很有時間性地繞著屋子旋轉，只是不知為何到二〇〇〇年之後就沒了興致，或許這年是個句點，一個時代結束最完美的時間……轉上一圈可感受一個世紀的濃縮，至少我是這麼以為。」羅斯說。

墨鏡青年，也不知道是不是正在聆聽這段與租屋無關的說明。

青年問道「插頭可以用嗎？」

「可以。」

他卸下機器插好電源，從櫃上很快的抽出艾靈頓公爵的一張唱片，還有滾石樂隊的 Let it bleed 專輯。Roller & scratch & spin，不停的重複同一個動作搖來擺去。撕裂的樂音聽在羅斯耳中，他知道未來的二樓將是下個世紀，也標示著他時代的終結。

青年說他決定租了。

二〇〇〇年的九月八日，身上有一股濃縮的苦澀氣味一直沒有散去⋯⋯

你的收藏可以轉讓給我嗎，或者一起承租給我？

⋯⋯

「羅斯先生？」

「嗯，喔⋯⋯承租唱片？不了，送給你吧。」

「每個月就請你將租金轉到這個戶頭，原則上不太需要用碰面這類的方式來解決一些瑣碎的事；可以的話，一切你自己打理就行了。如果有屬於我該負責的，你來個電子郵件，我會請人去處理或者付款。沒事的話我希望現在就可以離開，屋子就交給你。」

「用 MSN 會不會比較方便？」

「什麼？」

⋯⋯

青年沒再多說。他望著羅斯先生突變佝僂的背影，空蕩的手指由山腰往山下逐漸模糊，消失在索多輪山坡路另一端的盡頭。

# 影子

安妮，喂

種田，三合院？我們怎麼在……龐大的鮮綠包圍一名弓著身的女子……阿嬤沒說話，晶透嫩綠的稻苗起伏彎曲光線折入三合院右隴邊間。女人的聲音。嫁給你不是來種田的……是阿嬤？聲音感覺年輕許多，她不是對著我講，畫面裡一個男子蹲坐在旁。男人低聲。

小聲點。

為什麼要小聲，又不是怕人聽，看你阿嫂叫我做的，打水、浣衫、煮大家飯什麼的……一個人怎麼做得來十幾個家庭的事，家裡以前再窮也沒……我父親是巡佐，警察吶，怎麼算也是半個街長，當官的……

夠了沒！男子抑住原該上揚的音量，語氣挾著怒意。

我還沒說到那些……啪，迴然矗立的寬厚背影。

你打，你憑甚麼打我！

你，你再叫試試看……

激動再不受控的聲量自寬厚的背部傳來劃開鮮綠。阿嬤，為什麼我們在這裡，為什麼要下田……疑惑驚懼跟上田埂，泥埂交錯排列成橫豎相交的棋盤，上面鋪著一整張淡白透光的細薄棉紙，原本密合的和室拉門被推開人形大小的縫隙。

醒囉。

是夢。對，才剛滿六歲。

長廊末端，盡頭右側的獨立臥房，走道底部的轉角日光幾乎穿不過繞不進的陰暗洞甬亮起柔和的微黃，裡頭擺設除了雙人床還置放兩張單人沙發與一張渾圓的實木小茶几，暈散的鵝黃色澤浮顯相對現代的調子，床頭邊的立燈之外剩下的就是看不出時代的壁掛燈飾。殊異的時空隱身在傳統和式層層包覆的內裡，硬是拉門隔起兩個世界。

拉開的縫隙裡阿嬤瘦小的身子，她把我從床上抱起。

來，帶你去門口等阿公下班。

滑開的隙縫，外頭早已透亮迴廊的午後光源找到細微的連結，以光束割開窄縫的尖刃穿刺網膜，不安的眼球在刺白的黑暗中阿嬤的人影隔著眼皮晃動。睜開，男子揮動他高舉的雙手。聲音，女子吐著怨懟。

我就是要說，再打，我還是要說。你沒用，一沒事就老往家裡忙種田，放著自己的事業不想，人家一叫就……當初怎會中意你這麼個人，怎麼我也受過高等教育讀過女子中學，要不是生在殖民地、家裏沒錢，我會唸帝國大學，哪像你……別人都是嫁知識分子、醫生，不然也是坐辦公室的，而我呢？嫁是嫁了，好不容易幫你弄到個像樣的工作到銀行上班，你卻老想著要照顧你家裡那些還不一定輪得到你的田地。自己給人看輕就算了，連累我，要我也跟……別人的妻子都……拉開雙臂的背脊，四面氣流隨著兩臂翻捲起嫩綠半透明的薄幕擺動發出低吟。

不曾見過那身舞動的背脊。

穿著洋裝布裙的硬朗身子，熟練地掄起我的是阿嬤沒錯，但泛著黃斑的黑白臉孔看起來卻更年輕，旁邊莫名出現一名挺拔的男身與四個面目相仿的陌生孩童……阿孫吶，越來越重囉……布裙下兩根乾癟的細木枝，啪嗒一聲裂成三截，我滑落地面驚覺腳趾與後跟由一雙童鞋肚內前後刺穿鞋面，破口外周遭事物朝定著的一點，往相同的方向快速收攏凝成一塊四吋大的銀色扁長方盒，上頭閃爍帶著某種節奏穩定增加的數字。

你講這個叫什麼？錄音的喔，時代在走真快。教授叫你要我講以前的事情，那些都過去好久囉……啊，你有交朋友嗎，顧讀書是要緊，你也要三十了；你到底有在交朋友嗎，你都已經四十，我沒剩下多少時間，為什麼你們都不懂都不聽……雨水般的液體往下顎集中，混濁的晶體連流出來的都是濁色的。

六歲，不對，我就快過四十二歲了。

是夢。對，是夢。

兩顆眼珠張開數條靈魂攀入殼類的渦漩，記不得曾經出現，一切好像未曾發生就已開始，身體落進早已發生的過去。熟悉的感受掀開紋理，模糊沒有記憶的軌跡。是誰，誰曾經見證的，在視覺神經末梢傳遞？努力用思緒來釐清事件，勾勒的圖形剛才冒出隨即又置身三合院的邊間，異常闃靜。

窗櫺隔出四格光塊斜伸拉長映射在土牆表層，越來越亮的形狀不斷膨脹黏成一塊巨型長形光體。凝結。炙熱。無法喘息。生存的本能擴張的力量往木門推撞上去的瞬間，一聲碎裂露出一面黯色的金屬鐵門，集中的氣力無聲地彈射回來。炙熱持續凝滯。凝滯炙熱的鐵門逕自開啟，焰光吞噬身旁的阿嬤吸入發亮的長方體。她哭。

雙眼灼刺。阿公死了。白色的東西突然充溢眼眶內外，床上躺著瘦弱的身子掩在寬鬆病衣下殘留幾次化療後的痕跡。又要再次檢查。幾天前阿嬤才跟阿公在病房大吵說他不知尊重她的意見，他占據全部的位置，她也需要自己的空間。空間令人窒息。她吸著幾口僅存的氣體；他隔著呼吸器胸口用力上下搖喘。他應該知道。她不停的說她是一個現代女性要他了解，如果還年輕活在幾十年後的現在她會跟他離婚……砰的一聲往下，鹹水的酸澀侵透眼眶裡頭長了一顆石化的珊瑚，沒有面容的臉迅速地經過散去留下珊瑚的髮髯分支，幽暗微亮的光點穿過水面翻動眼皮耳裡隆隆的水聲作響。病房裡吵完的隔天，醫生跟父親說要有心裡準備；經過壓力放大的耳鳴鼓噪腦殼，我沒聽見醫生說的。海底下水流攪動撩起一管旋轉的柱狀體扭曲的人形圍成一圈又一圈輕聲摺著紙蓮。紙蓮一明一暗微弱地照映著廳房晦暗的角落，被晦暗攫住的傴佝，漆黑靜默稀釋她的影子，被稀釋後的黑色存在輕薄幽冥。蜷著的幽冥遽然嘶吼，出去不要回來……有本事就不要回來……光影突兀地產生令人不快的閃動刺耳的尖叫蔓延，凝重的靜謐徘徊整個海面。

阿嬤對他說，等你好了我們再去日本看櫻花。她沒聽見醫生說關於阿公的事，醫生只對父親說，但該知道的她終究會曉得。她其實曉得。下一秒她瞧見阿公胸前鈕扣鬆脫的罩衫裡所剩的一條條還未被征服的骨架，高聳立體間隔分明的排狀骨，像座廢墟或陸標攀滿青色紅色的藤蔓突起在昏睡的內臟上。她其實曉得。塌陷的腹部蟠出一根由青轉紅的植蔓擠出暗紅的汁液挾著腥騷肆意濺灑，阿嬤看著與頸子相連的頭骨貼著一張令人感到無救跟失望的表情。醫生搶救幾近昏死的阿嬤，驚愕醒來她癱軟在地；他走進空蕩走廊底端日光纖管慘白透照的電梯裡。慘白爬滿整顆眼球後自動關起銀色灰亮的冰冷電動門，數字在頂上移動。鐵門再度開啟，熱氣白煙逼向四周，焦燒的骨骼與蛋白質混成一股沒有形狀的難聞異味竄入孔鼻，我皺起眉，阿嬤眉頭更是鎖得緊緊的。漩渦襲向耳門重又響起嘶吼的畫面，有人走出廳門，她叫他們不要回來，他們消失在客廳的壁緣的終點。想喚住無奈的腳步，發不出聲的四肢抖動，硬擠著梗塞的喉頭終於聲帶撕裂。關係終會有結束的時刻。

微光勉強撐開黯夜一道空隙，全身細胞沾滿剛從海裡潛游上岸餘留的鹽味水粒，清醒由眼珠深邃的內部擴張然後聚集，阿公過世快十年了，瞬間兩個特別的時刻隱沒在四十二歲眼前。

扭開床頭小燈走到二樓陽台接連抽了兩根菸又窩回被裡，W 仍睡著，想起昨日在圖書館母親跟我通話的內容。桌上振動的手機，來電顯示她的名字，很久沒通過話的她說父親離家已六、七個月……說是為了不讓我操心，又說怕我工作忙沒空處理這些。父親的事也不是第一次了，通常離家後，再過三個星期最多一個月他就會又回到家裡，久了變成一種規律也就不奇怪。這回情況顯得不同，重新失去可預期的準則，就如同他第一次失蹤所打破的東西一般，母親也再次拾起那份初始的焦慮猜忌。

與她通完話走進盥洗室，捧著水沖了臉拭去掛在上頭多餘的水珠，心裡為著父親的事感到煩厭，鏡子裡浮出一張青冷奇異的五官，既熟識又陌生不同，不同……離家到 Z 市工作已經十幾年，不算短的日子。母親的聲音，昨天之前聲音還被放在三年前休假回去的時候。煩厭，煩厭加劇，由青轉深發紫地刺痛面皮然後自鏡面射出與刺痛對視。刺痛是對必須解釋原因的厭惡，暈眩緊箍腦門，躺在床上的疼痛試圖整理鏡子裡奇異的五官……沒頭緒的一團線球突然勾出S的輪廓，她這時來做什麼，緊扣住腦袋得不到一絲緩減的疼痛，她和父親⋯⋯腦海忽然浮現一段記憶，阿公過世後幾年，有一回在他祭日那天阿嬤在墳前唸唸有詞，不知是不是又在咒罵已死去的阿公；來的路上她哭訴他生前的不是，內容從沒變過。我跟父親遠遠地站在一旁。你知道嗎，阿公在醫院的那段日子，某天他跟我說人生就是這樣，他知道以前對不住你阿嬤，但他已經盡力⋯⋯四十幾年都過了，沒有用，發生過的就是發生了，每天聽她講同樣的事活著其實也很痛苦，死了或許就可以了結。父親說那時阿公可能知道自己快要走了才說出這麼段話，這是他對我阿公最後的記憶。聽他說完，我遞了根菸給父親。

你自己抽吧，我已經戒了，你阿公大概也是在我這個年紀開始戒菸的。

不知道他已經戒菸，印象仍停留在高中那幾年，那時能見著他的時間，父親總是菸不離手不停咳嗽。突然想起阿公去世後，父親即使一陣子未歸，到了阿公祭日那天他一定會在，再過幾個月就是阿公的祭日⋯⋯側了身望著熟睡的W慢慢闔眼，深夜當又轉醒她已離開再見著已是隔日的事。

鹹水的酸澀這次浸透包住骨架的皮膜，觸不及邊際的軀殼懸在半空，暗湧撲嗆鼻口灌進螺殼；鹽味褪去留下水柱沖刷牆壁的碰撞聲響搗動神經，肢體自半睡的狀態被召喚，眼球處身昏暗裡，循著光的流變漸次適應白色屏幕曝照的巨大光面反射，浴室裡瀰漫著水氣，她的聲音與水的流瀉滲入皮層皺褶。

閃光燈一亮一滅精準地捲過一張底片大小的意念沿著皺摺攀移，

一張與S參加示威遊行的合照，口號布條捆滿整身。很久沒在夢中見著。前一刻鐘事物仍震動搖晃翻擾折騰神經的突觸，下一秒的切換並不覺得有什麼不合理，合演的劇情開始於我們第一次的相遇。一片樹林一棵棵堅實的軀幹綁著黃絲帶，S不知從哪走近身旁問我發生了什麼事。她與我同年，這天，我們第一次相遇，纏繞，不停纏繞的一個粘著一個緩慢蛇形地蠕動身軀摩擦摩擦蒸散出某種目的性的熱氣，然後是一次次S的聲帶充滿情感激動地肘擊警察。沒有嘴形變化的無聲呼喊低頭用身體頂著盾牌的我存活的方式與她並列，反差覆生在雜鬧掩蓋的裡層。餘光無意識地轉動一雙黑眼露出亮光對著我的方向侵入，斜射的眼珠目光銳利扭動的肢體嘴沒闔起過。終於，乾癟的喉嚨喉結生澀地旋開氣閥流出平緩單調的汽鳴聲；終於，厲眼顫動的珠子發亮地吐露一朵妖豔雌牙嘴裂的笑靨食人花。原本歪斜的視線忽然移開後接著移入暗處某個房間，整個人像經過劇烈運動渾身疲憊的擱在床上，桌前癱著另一個人。

為什麼不喊口號？

什麼？

你今天下午為什麼不喊口號？

沒什麼，只覺得沒這個必要，口號不是已經綁在頭上手上腳上。

口號，能激起群眾的熱情、凝聚認同與營造氣勢，不是！？

文宣都發了，參加自是認同我們的主張。一整群人聚在那裡還不夠團結？

暗裡S聲調促然提高幾度，桌上癱著的人蹦跳挺身。堅定的表現是政治實踐的必須手段，難道你忘卻學長姐是怎麼訓練的？

尖細形成的細小光錐針刺皮膚綿密相鄰的毛孔往深處鑽入，兩顆鑲在面孔的黑珠像是真能穿透牆壁跟天花板似的逼視凝住我的肉身。被刑鞭脫力的意識，只能同意她所有的指控，簽字畫押，即使違背真正的真正的，被抽打的記憶，到底真正的什麼穿過我的心臟。

知道了，別生氣，不用那麼大聲……我沒生氣，只是要提醒你不要忘記我們為著什麼一路過來，是我們的價值信條我們的理想跟……我又應了一聲，表示真的曉得。

那天恨不得趕緊逃開這間充滿凝重氣味的偵訊室，已經認了讓我回牢房去。

S的眼神漸趨柔和，你不要躺在那裡，滿身臭汗的，去沖一沖。通常我會說你先洗，因為喜歡她沐浴後裡頭殘餘的體味。

這天我迅速地遁入浴室扭開水龍頭，熱水自蓮蓬頭的細孔竄出淌流在表皮。暫時躲過食物鏈的必然循環擺脫低沉的氣壓，繃緊的神經鬆軟任水柱自動地沖著。剛要進浴室前，眼角瞥見她身上粘著一大團濃稠的黑顯得特別黝亮；水氣蒸騰的牢房裡日光燈發白地照著我的身體，露出連個鬼影都沒有的那種白。

光影數度轉換，那天不只是那天，在那之前在那之後無數的那天重複相同的劇碼。白熾熾的燈管透照赤裸的軀體更顯蒼白，像在無法流動的水澤裡枯死的東西，我希望你沿著水洞滑入地底。

可以自己帶幹嘛買礦泉水、要喝咖啡在家裡煮，去咖啡廳做什麼？簡易的桌子、書架我們自己動手就行，還可以體會勞動者的辛苦與他們被剝削的價值；用二手電腦或自己拼裝一台，能跑就好，反正只是打字。圖書館有公共的資源，你幹嘛要買，腦子……滿腦子寄生了私有化的蟲子。

私有化的蟲子，莫名其妙，蟲子……轉動的黑珠還沒能生出這些句子，不過依著情節推進，最終她對我說出這樣的話也不難預料。記不得哪天，忍不住大聲地對她說桌子椅子書架我們都自己做，電腦也組了，但裝的時候你在哪？不學，還不是要我做，這就是你所謂的勞動體驗，我勞動你體驗。買個書都要扣帽子！砰，S甩了門出去，回聲衝擊反彈倏地所有東西都消失在身邊旋轉沒有方位的一片晃白裡。渾白中冒出一台電視，按了控鈕，訊號閃爍不定，耳中聽到卻是她說不要浪費時間在無意義的節目，還有……你在聽嗎，問你什麼就只會應聲，難道你沒有任何的解釋，還是你懶得講？你也說清楚，一聲不吭的我沒有辦法跟你繼續這樣的關係，到底你是認同……你有在聽嗎？關不掉看不見終點的波紋一輪一輪沒有半刻間斷自行連續放送的頻率。重複，沒有重音沒有聲調震盪的單音節重複。反覆折疊反覆，一名女子的音調岩化為珊瑚的髮絲分支；霉黃的沙發墊上兀自浮顯的線條臉孔模糊露不出任何立體的質感，只知道是一名抽菸的男子。

S連著兩天都沒回來，第三天，她像沒發生過任何事進到屋裡，問說晚上有沒有弄什麼吃的。鍋裡還剩些冷湯麵，的角度而變形，我與她的關係似乎同時起了微妙的變化，雖然沒有辦法具體說出它的內容。

剛畢業的頭幾年她偶爾會問起我在圖書館的工作，我的回答總是一般，每天都在做相同的動作沒什麼特別有趣。那時的她還會對我的人生提出疑問，或者有所期待；我則如我所慣常的從不會主動過問她的生活或談起自己的。

鏡頭快轉跳接不同的時空，故事失去線性的特徵，前後任意穿插沒有先後順序的幻燈片一張一張的播放嫁接不同的片段，話語在腦殼裡移動拼湊，是的，那次 S 離家兩天後這樣的對話越來越少。逐漸變體的關係。記得最後一次她認真地對我說的，她問我為什麼不做更有意義的事，問我對於曾經有過的理想是不是已經放棄？什麼是更有意義的，我不知道，沒有變化的無聲嘴形低著頭的存在姿勢，意念進入她的雙眼停在眼球的後面。這次換她應了聲，什麼也沒再說。不再跟我提到她的想法也不再過問關於工作的事，只有在遊行時會叫我去充人數，我想她應該知道我已經距離過往一起經歷的非常遙遠。

曾經平躺在她濃稠黝亮凝滯不動的黑色水澤裡浸潤糜爛，散發腐味的蒼白軀體在暗色裡，纖維布幕上重演那日被拷打的赤裸。情節走了三十多分鐘已經過了十年。事物皆有耗盡乾枯的時刻，關係的維繫總在尋求縮短差異的過程中越是疏遠；連結彼此的終究鏽蝕，緊連的兩副身軀也一起崩壞形同陌路。一切終於在最後一束目光凝成的黃葉落下時結束。緣由莫名的聲波又一次侵入耳渦，病房內阿嬤與阿公的爭吵聲愈漸微弱，僅存無意義的呼吸起伏緩緩地喘息。一只電話，話筒另一端祖母哭訴叨絮人生夢想的破滅，丈夫和孩子的步伐沒有跟進她的腳底從鞋跟的縫隙各自離她遠去。自詡的現代女性形象在失去追隨者的那刻瓦解，她說如果活在今天她不會結婚。耳朵忽然被動地接收到父母尖銳的對話，穿破耳膜的響聲像前一個夢境病房裡的爭吵。爭吵隨著一個人影消逝一起散落在灰燼中，祖父在殯房，房裡輕透著 S 的味道。味覺化的高密度視覺訊息自神經網絡的傳導中溢出填塞呼吸的孔道，腦裡的反射一連幾次晃動刺激腦幹最末端的神經結，紛亂的訊號交叉重組成一根針尖刺破模糊的表層膜，膜裡主角看見昨天母親跟我通話的畫面，父親的事情、晚上跟 W 做愛、關於祖母的夢，夢境停留在高二時父親的咳嗽與他離去的背影。

影像沒有因一時的混亂與片刻的回顧而停滯，下一幕隱約見著S往門外走去。

你別睡太久，今天如果沒事下午去湊個人頭。

浴室裡S慣用的沐浴乳氣味充滿整個房間，裡頭的人正在沉思；我知道那沉思的時刻思緒微閃考慮是不是要去跟S碰個頭。

後見者力圖告訴陷入沉思的，就算多做什麼努力也不可能改變狀態，已經發生變化的沒辦法再回到一開始的地方，就像掉落的枯葉。後來發生的我已經知道，念頭也僅是念頭，情節停頓後繼續，那人無奈地杵在窗邊伸手將窗戶拉開，香菸燒灼的煙霧順著氣流移向窗外。菸味縈繞夢裡。夢中人望著煙霧遠離的方向，盡頭那端S因為距離的關係被一塊黑點取代。我記得這天，印象中整個下午四肢埋入客廳的沙發昏睡沒有出去，知覺徘徊在清醒與夢遊的窄縫瞥見S走在遊行隊伍中的影子，她語調柔美的犀利攻擊再不承載任何具體的言語，只剩她默然的目光與低頭無語的存在姿勢對峙。不知過了多久，聽到有人近身喚著，模糊的輪廓，是S正褪去衣衫走入浴室。

昏暗中再一次耽溺。

那天看著她褪去衣衫的背影，埋在客廳沙發裡的無法起身。未曾在這樣的距離端詳過這副沒有面容的身軀。處在昏暗中的無法起身……W浮出屏幕一秒不到後淡出又淡入S的形象，情感仍沉溺在那天因距離而生的歡愉。浴室裡一團蒸熱的水氣被無形的東西推挪，兩人間像是出現難以穿透沒有形體的半透明，空間中存在另一個空間卻無法相互跨越，切割出原本就存在的模糊維度，阻隔我與她曾經所有的一切。我興奮地閉起雙眼撲到她的跟前……可以這樣隨熱水蒸散的霧氣圍繞我們的身子，不用臉的就這麼做愛。緊束的脖子又一次僵硬地擠出生澀的句子，浴簾背後的兩人，她睜著眼而我闔起，蒸氣瀰漫包圍我們，水聲不停灌入耳中，鼻孔鑽進海的氣息；海浪翻滾的巨響替代水流截斷情節掉進突如其來的漩渦吞食整個昏暗，漩渦裡我繞著著浴室旋轉，S 完好的在浴簾那端正注視著我，一束目光接著一片枯黃自她嘴裡掉落。

三十二歲這年，阿公過世，S 與我分手。

鏡頭切進一片黑幕，映照在海面的光點高低移動，底下一頭泅泳的獸四肢亂舞的胳膊溺水掙扎，劇痛由手趾骨衝上腦門，床頭板震動發響地搖醒我。凌晨三點 W 已經離去。

W 不是我的女友，也許說伴侶她也不會同意。

最近，她經常在我這裡過夜；最近，其實也過了四年。

大多數的時間我們都在做愛，然後就各自做自己的事。有時她也會在完事後匆匆收拾回她自己的地方，或者去做些什麼別的我不曉得，就連她住在哪我也只知道個大概。硬要說，我想我們的關係就只停留在性與同事的層面。

她幾乎不在任何人面前談論自己，當然也包括我。關於她的一切我無從得知。晚上她不在我身邊時都在幹些什麼？總會做些什麼的，至少她可能像我正在發呆，每個人應都會有發呆的時候；或許她正陪著其他人……不管如何，知道與否，就算她自己告訴我，答案對我來講也沒什麼特別的重要。

有時會比較她跟 S 兩人究竟有什麼不同，也許差別就在我和她之間的關係是建立在一種除了性的需求之外，不需要有任何其他交往的純粹結合上。W，就算我不瞭解她，她不願意讓人接近，兩個人也不覺得有什麼不妥。她完全不會詢問我的私事，那些關於她或我的過往與未來；每個此刻，關係中沒有交集也沒有占據任何意義，一起跟不在一起一樣的自然。

辦公室裡我與W相對而坐，空氣中潮濕陳腐的書卷氣，霉味裡除了電腦、伺服器外就是三張桌子，其中一張是系統工程師的。我們的工作不過是將書籍歸檔、新建，再歸檔再新建，而她總是低著頭，半邊深邃的黑色瀏海就是她整張臉。十坪左右的辦公區，人與人的距離遠超出足球場內對角線的長度，連工程師都不知道她跟我的關係；他與她有關嗎，好像也不是一個我需要知道的問題。

和S一起的那些結束了，結束自然就會過去……發生過的就是發生了，死了或許……腦中記起阿公留給父親最後的回憶。闔眼前沒有頭緒的線球纏繞著神祕的輪廓，黑色曲線浮現跟著消逝，再次聞到海的……不，是看見海的氣息，我仍醒著意識著結束究竟意味著什麼？展開另一扇新的關係，又或只是一段喚作新的，重複舊的延續，只是是過去伸向未來生長的另一個起點。結束就會過去？眼皮的負擔逐漸撐大一個深幽的黑洞，裡頭的人感受得到外部的活動，像是光線氣流或者聲音，在現實中呼吸的同時處在非現實的虛幻真實裡，鐵門被鏈條捲動咬合齒輪發出機械般規則的嘎嘎聲在海面移動。現實中的非現實。非現實中的真實，現實中的真實，所有的一切坍縮在被夢境羅織再羅織的世界，察覺的氣息是被縫成海的一條被子覆蓋全身直到清晨。醒來，被子已經摔落地底。

無從說明的人物正愛撫我越來越膨脹不斷放大的海床，黑影在我身上疊合，逐將清晰的面孔又化為多個模糊的人影交錯。停不下的愉快脹大。碳色的線條交叉堆起一層壓過一層，臉就只是稱作臉一張接著一張靠近，下一刻和上一刻輪替間沒有不同的特徵，刺激官能擠壓著止不住的興奮發腫抹去我的形骸，跟著好幾條芒刺般的線條聚集注視我幾近痙攣的變化。變換的黑影逐漸清晰，官能的歡愉消失後出現的是電話另一端阿嬤的泣訴。祖父過世。她不再與他爭吵，她與所有人爭吵。嘴裡的汁液鏗鏘滴落聚攏為一股股的波浪翻起，陰暗籠罩整片海洋，執拗地拍打凸起的礁岩一波新的連著上一個，拚命地想在岩石上刻上屬於她的痕跡。相互撞擊的聲響劇烈宏大卻也越是細碎，破碎退去是每波潮浪的宿命，最終剩下的僅是轟隆裡碎裂的浪花濺起的短暫漣漪。有人走出廳房，稀薄線條的盡頭是關係的破碎，失去追隨者的幽冥哭泣。

被沖擊的岩柱表面緩慢地喘息，持續而沒有方向的進氣吐氣蔓延為呻吟，呻吟的畫面感覺轉為馬達般的隆聲作響。吸塵器。拜託把腳抬起來，你這樣我怎麼弄……不要杵在沙發上睡覺，大白天的好好一個男人窩在家裡幹嘛，快起來啦！以前要是知道你會是現在這副德性，我一定不會跟你。

女子嘴裡的尖牙和著吸塵器雷鳴的音浪滾動敲擊頭骨。

吸塵器的噪音戛然靜止，男子在高中地理課本的地圖上不知沿著哪一條路出走。許久，幾天沒有回來的男子開門進來；咳嗽，一臉倦容，什麼都沒說只是咳嗽。長著尖牙的馬達重新啟動。你不要在家裡抽菸……八個以上的字所組成的命令句切開空間，我看見另一張清晰的臉，母親的臉，說話的臉。臉的額頭下方嵌著一對頭燈，擋風玻璃背後坐在駕駛座的父親手連著菸掛在車窗外，幾輛過時的汽車在耳邊呼嘯而去。你知道這天要去兒童樂園，七、八歲的幼小心靈正沉浸在歡樂中。既真實又不真實的你，經驗著孩童簡單情感的同時曉得那不是自己，至少不是現在的，因為他正被你觀看。曲線浮現又消失，模糊的感受到現實並察覺非現實的幻境真實地存在在你還未甦醒的軀殼裡。這不是清醒的意識狀態，如果它可以分成兩種；這不是醒著的身體，如果身體也可以分成兩種。那副沉睡的軀體不清醒的意識在浴室裡凝望著 S 的時候，我知道 W 正翻身離去……灰白漸亮的光像意念自外部滲透車窗鑽進車內，幼小的人在後座。父親難得假期帶著全家出遊，車子裡氣氛愉悅……意念的亮度變化提醒我準備起身，但最終透亮的光就僅吞噬整部車子什麼都沒發生，只不過車裡的線條重新排列為客廳的形狀，偽裝成駕駛座的沙發上父親指間挾著一支點燃的菸躺在那裡開車。

躺著的人忽然身起說該出發去阿嬷家。

尖銳刺耳重又傳來。

為什麼每個禮拜都要去你們家，難道我就不能在家休息！每天都得應付你們家的……攀爬的頻率往上越是尖細尖細抖顫地喊著，說她以前在家裡是千金小姐，什麼事都有佣人做，現在卻跟了個沒用的男人。

女人的話語，響聲持續不停。

你那些兄弟哪一個人像你，工作失意生意失敗就頹喪的靠你爸媽養，結果呢，就是做什麼都要順著他們，拿他們的錢就有永遠盡不完的義務；義務，你對我的呢？連弟妹家裡馬桶壞了都要你去修，這就是你的人生，而我就得承擔！抽菸抽菸就只會抽菸，菸灰缸是你在清？還不是都靠我。你不知道你兒子有氣喘嗎！幼小的孩童這時在車裡叼起菸，原本站立的男子蜷回沙發吐出窒息前最後一聲咳嗽一聲喘息。角色混亂場景失序，突然沙發上的男子出現在高中生房裡桌上的一本地理課本上。

你媽不去你跟我去！為什麼要去，我有自己的事要做！內心大聲叫著就算沒什麼事做，一個人的，想自己一個人不可以嗎？存在在夢裡的男子，誕生在你不清醒夢遊般的意念裡的男子，用非現實的思緒應可抵達幻境中人的內心，但他聽不見。

跟我去阿嬤家！

外頭的溫度伴隨亮度的變化是該起床的時候，念頭剛起馬上被數不清的黑色人形撫弄宣洩，形骸落進黑影圍繞的愉快脹大無法停止的腫脹裡每個人無力的呻吟，呻吟一個屬於自己的。那天和S做愛，浴室裡高潮中睜眼與閉眼的現實距離，意識耽溺在距離產生的幻夢中陷落，在非現實的關係裡得到真實的滿足；而她看著我臉上緊閉的眼睛沒聽見我渴望的呻吟。清醒與夢境的對應，現實與虛幻並存，白日的夢與黑夜的夢，夢的邏輯難以釐清。

尖銳尖銳的再次刺入腦中。

你阿嬤總是跟人說她是個現代女性，確實，在她那個年代自由戀愛、私奔又未婚生子，四十幾年前是很了不起。不過，她所謂的現代女性，她自己，說穿了也只是個自尊心與控制慾都一般強烈的女人。要比時代，我的現代比她更現代。我本來有工作的你知道嗎，是你阿嬤硬要我待在家裡，真後悔當初沒繼續工作，你看你爸現在是什麼樣子……我也有我想要的生活，更不想被你阿嬤這般控制。話語海潮般地橫掃而至，侵蝕橫亙在它的去向上一切的障礙物。吞食，兇猛如母獅遇見獵物毫不留情，跟著出現的是父親第一次離家未歸，母親歇斯底里地說他有外遇，張大的嘴狂吼著她要離婚。

再度感到女人們不滿的憤怒尖叫，再度感到男人們對無止盡義務對義務的沉默。

感受到的熟悉，是不曾認識的過往被埋在記憶中似曾相識的過去裡，一層又一層的記憶包裹的印象，像是什麼都還未發生前的預示。事件的排列組合白日與黑夜相互侵蝕，存在與不存在的彼此交融，真實與不真實已無從分離；莫名的軌跡跨越現實與虛幻的界線，夢境取代了現實，現實又化為幻境形成一團黑色的東西。海浪再一波猛烈地撞擊，黑色的海水從肉體的每個孔隙滲入逼迫我吸收水裡的鹽分，四肢拚命掙扎想脫出海平面汲取空氣，越來越渴的軀體筋疲力竭，暈眩裡鐵門的捲動聲再度自外部傳來，機器運轉的巨大波浪捲走全部的畫面，人物相互拉扯撕裂開來，再無能辨析他們各自本來的面貌。

精神折磨的脹痛終於將人擊潰。睜開眼，全身疲累地癱在床上，手機上顯示的數字是清晨五點半，再過半個多小時就得出門上班 。

昨天網路上看到一則關於 S 針對最近 Z 市拆除舊房舍政策的批評，並預告今日的抗爭行動。將被拆除的房子就在圖書館附近，站上館外的陽台往下就可以瞧見那幾棟殖民時期所遺留下來，現已近乎殘破的房舍。十歲以前，大半的時光是在類似卻尚未廢棄的屋舍中度過。後來知道，當時甚至還得是具有某種地位的人才能入住，而阿公那時因為已是國營銀行的經理才有如此機會。工作的所得加上祖厝田地的房產，收入相對高於那時一般水準許多，這是為什麼父親沒了工作還可以維持家庭生活的原因。但寬裕的生活本身，並未讓阿嬤因此停止對阿公的怨懟；母親也不曾停止抱怨她認為失敗的婚姻。關於 S 的，我沒有多想，這則訊息傳遞給我的就這麼多，除此之外沒有別的。

這天我很早就到圖書館，W 跟工程師陸續來上班。一如往常，開工前總是先跟他們在陽台閒聊抽著菸。他們回辦公室後，我又點了一根。附近大樓的玻璃帷幕在日光的照射下光影浮動，玻光璃影流竄上頭，被反射的事物彎曲難以定著。璃影。離影。父親一直有不回家的習慣，卻未曾有如此長的時間未歸。母親歇斯底里地質問過他外頭是否有別的女人；父親從未正面回答他去了哪裡，與任何有關他離開的原因。

殘破的老舊房舍，斑駁的形象相當清晰，清晰的與未來的命運搏鬥。幾顆錯落屋舍周圍的木棉，夏末初秋的光線折落一朵，一片枯黃伴隨自己的影子掉落，是花，是葉，因為引力的緣故，已經落下的再也沾不回原本的地方，留下滿地木棉的腐朽黃斑著實了荒廢本身的意義。但幾次因公務加班離開的晚，經過那幾棟巷弄間的荒屋，黑影幢幢甚至傳來食物的香氣，想是在黑夜中才能孕育的生命讓衰敗的又活了起來，反倒是白日悄聲毫無鬼影的時候，屋厝相對周遭才顯得兀頽。不過，今天經由擴音器發出的聲響老早就在那裡播送，隨著聲響的韻律與節奏搖擺的身影加深殘破的建築在日光中原就不協調的對比。屬於黑色夜晚的生命現身在炎陽底端，身子覆蓋著熟悉的罩衫，被光線拉長的影子無法具體確定的面容……十八歲以前住在一起，十八歲後我甚少回家；之前與之後大部分的日子他都不在家裡，即使碰到面也沒多聊什麼。我不曾瞭解，從未認真地注視。被陰影拉的變形的面容會不會是年輕時記憶深處暈開後的殘留，我甚至連他戒菸都不知道。或許他根本沒有離開家裡附近，或許如翻過圍牆的木棉順著陽光的線條直落，與枯黃一起掉落的影子在墜地後消逝，因為某種緣故再也長不回去。

昨晚到清晨接連的夢境，三個女人軀體在鏡面所組成的密室裡，光線折射無數的鏡像堆疊時空，正反對立交錯輻射，然後聚攏跟著發散變形。晦暗角落蜷著阿嬤的身子，沒了影子的鬼魂抬頭，尖銳的音頻召喚出稱為母親的女子。衰敗的舊房荒屋傳來聲浪，另一個女子不斷咀嚼吐出掉落一束漠然的目光熙照整片空氣，高低交替的聲調中依稀聽得見女子堅毅的語氣，犀利地輕敲夜裡被海浪襲擊的身體沾著一個再一個的人形，疊起後各自崩毀形成散發著腐氣的荒蕪。嘶吼的畫面重擊礁石，父親被侵蝕殆盡失去蹤影，天空又落起祖父雨下的灰燼；阿嬤濺起的碎浪，反射的形貌短暫，母親的臉隨著尖銳扭曲的嘴形支離瓦解。所有喚作臉的，互相囓咬撕碎彼此後縫合誕生的怪誕，一副掛著頭顱的軀殼，臉上填滿一粒粒發亮黑色珠子的生物，牠的唾液如夢裡的海水捲起的漩渦將我吸入無休止的旋轉，身旁事物慢慢地縮小，身邊具體的逐漸抽象地飛起又摔落螺旋似的離去。無從描述的轉動，身軀一吋一吋剝離剩下破碎的不成形體，漩渦不停轉動的向下盤旋直落，真空終於脹滿每個細胞孔隙吸不進任何一絲空氣，暈厥。W 突然自身後將我搖醒，殘破的屋舍頂端，天際碎成一塊一塊藍色的不規則圖案，陽光從藍色碎塊中伸出，照映出陽台上兩條各自的人影。

小小寫字 02 **廢墟**

作　　者 | 小小書房・小小寫作俱樂部成員
圖像・手稿 | 小小書房・小小寫作俱樂部成員
封面・設計 | 小子　godkidlla@gmail.com
美術・編排 | cc.　ahole0ahole@gmail.com
文字・校對 | 陳譽仁　游任道
總 編 輯 | 劉虹風
企劃主編 | 游任道
**出　　版 | 小小創意有限公司・小寫出版社**
**負 責 人 | 劉虹風**
**地址：234 新北市永和區復興街 36 號**
**電話：02 2923 1925**
**傳真：02 2923 1926**
http://blog.roodo.com/smallidea
smallbooks.edit@gmail.com
**經銷發行 | 紅螞蟻圖書有限公司**
**地址：114 台北市內湖區舊宗路二段 121 巷 28 號四樓**
**電話：02 2795 3656**
**傳真：02 2795 4100**
http://www.e-redant.com/index.aspx
red0511@ms51.hinet.net
**印　　刷 | 崎威彩藝有限公司**
電話：(02)2228-1026
傳真：(02)2228-1017
新北市中和區立德街 216 號 5 樓
singing.art@msa.hinet.net

初　　版 | 2012 12 25
I S B N | 978-986-87110-0-6
售價　新台幣 250 元整
版權所有　・　翻印必究

國家圖書館出版品預行編目資料

小小寫字 . 2, 廢墟 / 小小書房 . 小小寫作俱樂部成員創作 .
新北市 : 小小書房 , 2012.12 初版 ,
面　；　公分　；　元
ISBN 978-986-87110-0-6( 平裝 )
855　　100004909

## 還　有幾句廢話未完

Kali
「寫廢墟啊，寫不出來，我廢了。」

諍玄
「啊……我已成廢墟。」

安妮，喂
「上次編「小小寫字」已經是一年前的事。據說原本設定為期刊的，現在看起來已經變成年刊（雙年刊，會嗎？）。是否因為主題：「廢墟」的關係，作者與編輯們陷入荒蕪，毫無氣力。或許看到這段文字的付梓還需一段時間距離，但進展到這個階段已相當令人驚喜。如果順利，大家將會看見這段日子來一切耗盡心力的 斷簡殘篇，一群人在荒廢中努力掙扎的痕跡。」

ear3
「在擠不出一個字的焦慮下又酣然睡去，直到週三的來臨。」

魚瓜
「真的廢了。」

陳晉茂
「最近跑去當記者。雖然也很有趣，但是發現還是當作者比較好玩，因為比較自由啊！」

曼德魯巴克
「某天忽然想到另一間廢墟圖書館的可能性，不過沒力氣蓋了。

貓。果然如是
「這期主題讓我的小宇宙也染上了廢墟病，這才明白，人生所有的一切都只能面對才能跨過，即使我得了一種打開「pages」就會想睡覺的病。 」